文春文庫

恋忘れ草

北原亞以子

文藝春秋

目次

恋忘れ草

恋風

去年弟子入りしてきた子供達が、掛算の九九を暗唱している横で、弟子入り三年目の子供達が、大福帳を真似た帳面を繰《く》って算盤《そろばん》をいれている。昼前の稽古で、九月一日江戸屋、二日品川屋、三日川崎屋などと手習いをかねた文字を書かせ、その下へ、思い思いに売掛の数字を書き入れさせたのだった。

計算が終れば合計をその終りに記し、隣りに坐っている子と帳面を取り替える。米問屋の主人や内儀《おかみ》になったつもりになれと言われて、女の子までが面白がっているようだった。

萩乃《はぎの》は、今年の初午《はつうま》に入ってきた子供達に足算を教えていたが、八つ（午後二時頃）の鐘を聞いて、稽古場を見廻した。手跡指南《しゅせきしなん》の稽古場は、朝の五つ（八時頃）にはじまって、昼の八つに終る。

萩乃のようすを見て、子供達が両手を膝の上に置いた。

「今日は、ここまでにいたしましょう」

「有難うございました」

ていねいに頭を下げた子供達が、いっせいに立ち上がって、机を部屋の隅に片付けはじめる。

当番の子が稽古場の端へ行って、出席帳をひろげた。一人ずつ名を呼んで今日の出席を記し、順に帰らせるのである。

名を呼ばれた子は、一人一人萩乃の前へ来て挨拶をした。三年目の子は男女合わせて八人しかいないが、二年目の子は十九人、今年弟子入りした子は二十四人もいた。

そのほかに、この九月からでも——と子供の弟子入りを願ってきた親が二人いる。一人は、この堀江町三丁目に越してきたのだが、一人は、伊勢町堀の向うの本船町に住んでいた。萩乃の評判を聞きつけて、本船町の手跡指南ではなく、こちらへ通わせる気になったらしい。

帰って行く子供達を見守りながら、萩乃は、少々誇らしい気持になった。

六年前に父の山中帯刀《やまなかたてわき》が逝《い》ったあと、七十人近くいた弟子が、一遍に二十七、八人にまで減ったことがあった。女の手習い師匠ではどうしても躾《しつけ》が甘くなると言って、親達が本船町や堀留町の師匠に子供を弟子入りさせるようになったのだった。あの時、二十畳ほどの広さがある稽古場の真中に、子供達がかたまっているような気がしたものだ。

女の師匠もいないではない。いないではないが、総じて噂は芳しくなかった。大伝馬町にいる女師匠などは、感情にまかせて子供を叱るから困ると、手習いの師匠達さえ眉をひそめる始末であった。

女の師匠の評判がわるくとも、萩乃は稽古場を閉めるわけにはゆかなかった。たとえ通ってくる子供が一人になっても、その子供が、これからの人生で困ることも、後指をさされることもないように、読み書きや算盤を教えてやらなければならなかった。毎年少くなる弟子に唇を嚙みながら、萩乃は、大福帳を真似た帳面をつくらせ、一杯八文の甘酒と四文の飴を、六文と三文で仕入れた時の足算と引算を教えた。

弟子がふえたのは、去年からだった。たいていの子は三年で下がって奉公にゆくのだが、萩乃に教わった子は、すぐに役に立つという評判がたったのだった。

ふと気がつくと、当番の子が挨拶をしていた。

萩乃も挨拶を返し、当番の子が格子戸を閉める音を聞いてから表口へ行った。広い沓脱《くつぬぎ》の左右に置かれた下駄箱が空《から》になっている。忘れ物はなさそうだった。萩乃は、表口を出たところでもう道草をくっているらしい子供達の声を聞きながら踵《きびす》を返した。

そのうしろで、格子戸が遠慮がちに開けられた。

萩乃は、微笑を含んでふりかえった。子供が忘れ物を取りに戻ってきたのだと思った。が、格子戸の外にいたのは、子供ではなかった。小柄なせいか、肉づきがよいのに風采のあがらぬ男が腰を屈めていた。

どなた？――と言いかけたのを飲み込んで、萩乃は板の間に膝をついた。

輪郭の丸い童顔に見覚えがあった。

堀江町三丁目と四丁目の間の道は、下駄屋と雪踏屋《せったや》、それに傘問屋が並び、照れと願う店と降れと願う店が軒をつらねているというので照降町《てりふりちょう》と呼ばれている。その照降町の傘問屋、常盤屋の手代の栄次郎《えいじろう》だった。

「何かご用でも」

「あの……」

手をついて見上げた萩乃から視線をそらせて、栄次郎は口ごもった。

日盛りの中を歩いてきたせいかもしれないが、気の毒なほど汗をかいている。大粒の汗が額からしたたり落ちるのを見て、萩乃も目をそらせた。

それで汗をかいていることに気づいたのか、栄次郎はあわてて懐から手拭いを出した。

顔を拭き、衿首をこすり、また顔を拭く。

じれったくなって、「ご用件は？」と尋ねたのと、栄次郎がためらいがちに口を開いたのとが一緒になった。

「あの……」

「私に何か？」

「実はその……」

栄次郎が萩乃を見た。思いつめたような顔だった。

「弟子入りを……弟子入りをさせて下さいまし」

「え？」

驚いて、萩乃は栄次郎を見た。

栄次郎が何歳なのかは知らない。が、二十四、五歳にはなっているだろう。そんな男が、七つや八つの子に混じって、庭訓往来《ていきんおうらい》や商売往来を学ぶつもりなのだろうか。

「いえ、わたしだって、手紙の書き方や商売のいろはぐらいは心得ております」

と、栄次郎は言った。

「わたしは、もう少し、ましな文字が書きたいのです」

「そういうことでございましたら、書家の先生をおたずね下さいまし」

手習いの師匠は、文字の上達を願う者や、楷書や草書の文字を覚えたい者を弟子にはしない。手習いの師匠が教えるのは、仮名と行書だけだった。

が、栄次郎はかぶりを振った。

「書家の先生は、よい字を書く者を弟子になさいます。わたしのような折れ釘流は、はじめっから相手にしてもらえません」

「私は子供に教えるのが精いっぱいで……」

「そんなことを仰言《おつしや》らずに教えて下さいまし。わたしは、主人や番頭に、お前の字はまるで読めないと言われるのがいやなのです」

「でも、私の文字などは、子供に教えるのが分相応でございます」

「いえ、どうかお願いいたします」

栄次郎は深々と頭を下げ、顔だけを上げて萩乃を見た。二重瞼の丸い目が泣き出しそうだった。

「どうかお願いいたします。本船町のお師匠さんだって、子供達が帰ったあと、学問をしたい者を集めて四書五経を教えているというじゃありませんか」

「そりゃ本船町のお師匠さんは、儒学をおさめたお方ですもの。私のような浪人の娘とはちがいます」

「でも、ここのお師匠さんの方がよい字を書くと、うちの番頭が言っておりました」

「お褒めいただくのは嬉しいことですけれど……」

「わたしのような者を弟子にするのは、おいやですか」

「いえ、そんな」

「だったら、弟子にして下さいまし」

何となく、萩乃はあとじさった。一段高くなっている稽古場の敷居が腰に触れた。

「私の方はかまいませんけれど、でも、常盤屋さんで働いておいでのお方に、私のところへ通って来られるようなお暇がございませんでしょう?」

店を閉めたあとで来ると栄次郎が答えたなら、夜は迷惑だと断るつもりだったのだが、栄次郎は、熱にうかされているような目で萩乃を見つめながら言った。

「暇はつくります――。

「できるのですか、そんなこと。待呆《まちぼう》けはいやですよ」

「わかっております。毎日は無理ですから、三の日と四の日の月に六回、八つ半頃お稽古に伺いたいと存じますが、いかがでしょうか」

困る——と答えたかった。が、栄次郎は沓脱に膝をつき、板の間に手をついた。

「半刻《はんとき》……いや、小半刻《こはんとき》でも結構でございます。庭の障子を閉めなければ寒いような日は、お手本を下さるだけでもよろしゅうございます」

それでもいやだとは言えなかった。

「では、この次の三の日から」

「よろしゅうございます」

しぶしぶ答えた瞬間に、萩乃はやはり断ればよかったと後悔した。

栄次郎は、ほっとしたような溜息をついていた。が、その強引さに呆れている萩乃の視線に出会うと、急に恥ずかしくなったのか、耳朶《みみたぶ》まで赤くして、挨拶もそこそこに格子戸の外へ出て行った。


家主の太左衛門《たざえもん》がたずねてくるなど、めずらしいことだった。

太左衛門の娘は二人とも帯刀の弟子で、六年前、下の娘も嫁ぐことになったと挨拶に来たが、それ以来のことではあるまいか。

「どうぞ、おかまいなく」

太左衛門は、萩乃が、弟子の母親から届けられた菓子折を開けているのを見て言った。

「お師匠様の評判がよいので、この通り、わたしの鼻まで高くなりましたよ」

「そんな――」

萩乃は苦笑した。

父が逝った翌年、人を通して、家をあけてもらいたいようなことを言ってきたのは太左衛門だった。もっとも、二十七、八人にまで減っていた弟子が、奉公にゆくという口実でさらにいなくなって残った子が七人、弟子入りしたのが四人では、家賃がもらえなくなると不安になったのも無理はない。

吝嗇《りんしょく》だ、薄情だという噂の絶えぬ人物であったが、出された菓子に舌鼓を打って、茶をすすっている姿は、どこから見ても孫に甘そうな好々爺だった。

「鼻を高くしながらこんなことを言うのも何ですが――」

太左衛門は、目を細くして萩乃を見た。

「実は、お師匠様との中に立ってくれぬかと頼まれましてね」

「え?」

「はっきり言えば、お師匠様にぞっこん――という男がいるのですよ」

「まあ」

萩乃は、俯《うつむ》いた額に手を当てて、顔の表情を隠した。好かれたというのは、相手がどんな男であれ、わるい気はしない。

「ただ、ちょっと年をとっておりましてねえ。お師匠様は、お幾つになられました？」

ためらったが、萩乃は苦笑して答えた。

「二十七になりました」

「その男は、四十五でしてね。悴が二十一になる」

萩乃は口を閉じた。十八歳の年の差がいやというわけではなかったが、間もなく隠居をする男ではないかと思った。

萩乃は、ようやく弟子がふえてきたところなのである。年々弟子が減っていっても、家賃だけは父の残してくれた蓄えの中から払っていたが、一時はその蓄えも底をつき、おからを食べて空腹をごまかしていたこともあった。それでも萩乃は稽古場を閉めず、通ってくる子供達に大福帳をつくらせ、甘酒と飴の足算や引算を教えてきたのだった。

「お気持は、わかりますがね」

太左衛門は、萩乃の胸のうちを見透かしたように言った。

「わたしも、はじめは言ってやりましたよ。あれだけ評判のよいお師匠様だ、すぐに稽古場を閉めることはできますまいってね。ところが、相手は一年や二年は待つという」

細い目をなお細くして、萩乃を見る。

「それに、いやなことを申し上げるようですが、江戸には手習いのお師匠様は大勢おいでになります。いつ、本船町や伊勢町によいお師匠様が来られるか、知れたものじゃありません。まして、お師匠様は……」

太左衛門は、さすがにその先の言葉を飲み込んだ。「まして、お師匠様は女じゃありませんか」と言いたかったにちがいなかった。評判のよい男の師匠があらわれれば、堀江町三丁目の親達も、子供をたちまちそちらへ通わせるようになるというのである。

「それに、前のお師匠様だって、敵《かたき》の最期をみとられた時に、いずれ町人となるのを覚悟されたと思いますよ」

触れられたくないところへ触れられて、萩乃は顔をしかめた。

萩乃の父、山中帯刀が手習いの師匠となるについては、こんな話がある。西国小藩の藩士、山中兵部《ひょうぶ》は、同役と口論の末に闇討された。一人息子の帯刀は、早速、敵討の旅に出た。幸運にも、数年後に敵とめぐりあうことができたが、敵の男は、軒のかしいだあばら家で病みおとろえていた。

討てと言われても、とても討ち果たす気になれなかった帯刀は、恢復してから尋常に勝負してくれるようにと男をはげまして、懸命に看病をした。が、男は、帯刀に礼を言いながら間もなく息をひきとった。

これが敵となってしまった男の生涯かと、帯刀は虚《むな》しい気持になり、男をねんごろに葬った後、江戸へ出て手習いの師匠となった。敵となるようなことをするな、敵をつくるなと教えたかったのだという。

「恨みを忘れて敵の看病をなすった方だというので、ずいぶん評判になったものです」

と、太左衛門は言った。

萩乃は黙っていた。

「本船町のお師匠様に、一時、弟子が集まらなくなりましてね。そりゃそうでしょう、誰だってただの儒学者より、敵を看病するおやさしい人の方がよいにきまっている」

そうかもしれませんね――と、辛うじて萩乃は相槌を打った。声がかすれていた。

「が、あなた様の評判は、教え方がうまいということだ。本船町のお師匠様の方が、むずかしいことを教えてくれる――なんて評判がひろまりますとね、困ったことになる」

また弟子が少くなって苦労すると言いたかったのだろうが、さすがにそこで言葉を切って、太左衛門は額を叩いた。

「亭主ってえものも、これでなかなか頼りになる時があるんですよ。――いや、相手がどうしても話をまとめてくれと言うものだから、つい夢中になっちまって、堪忍して下さいましよ」

「いえ」

萩乃は、かぶりを振った。まだ声がかすれていた。

「ま、お暇な時に、よくお考え下さいまし。相手は、室町の紙問屋です。かたい商売をしているから、金はある」

「でも……」

「倅は、しっかりしているが、おとなしくっていい男です」

「私は、商売のことなどわかりませんし」

「それは向うも承知ですよ」

太左衛門は、あらためて萩乃を見た。

「脅かすわけじゃありませんが、こうやって子供達を教えていられるうちはいい。が、年齢《とし》をとって、手跡指南の看板をおろしたら、お師匠様はお独りですよ」

「ええ」

萩乃の返事は口の中で消えた。

独りで年齢をとってゆくことは、始終頭の中にあった。二十五歳を過ぎてからは、一年のたつのが妙に短くて、まだ十五年あると思っていた四十《しじゅう》の坂が、もう十三年しかないと感じられるようにもなってきた。

独り暮らしを気楽と思う気持は萩乃にない。稽古場が退《ひ》けた時、ちょうど通りかかった母親を夢中で追って行く子供を見たあとなどは、独りを淋しいと思うより、怖いと思うことがある。

そんな気持をごまかしながら手跡指南をつづけてこられたのは、自分だけが独り暮らしをしているのではないということだった。

すぐに子供を叱る大伝馬町の女師匠も、三十を過ぎているのに独り身だった。先日、町医者の夫婦に招かれて行った料亭の女将《おかみ》は、出戻りだった。浅草茅町にある『もえぎ』という料亭の女将で、「男で苦労するのはいいけれど、亭主で苦労するのはもう真平《まつぴら》」と言って笑っていた。

が、萩乃は、亭主で苦労をしたことがない。——

「ごゆっくり、お考え下さいまし」

太左衛門は、茶碗の底に残っていた茶をすすって立ち上がった。

少々重苦しい気分になっているのを隠して、萩乃も表口の板の間まで見送りに出た。

「お返事をお待ちしています。そんなにわるい話じゃないと思いますよ」

太左衛門が開けようとした格子戸を、照降町の方から小走りに来た男が開けた。栄次郎だった。

萩乃は、今日が三の日であったことを思い出した。

「お師匠様——」

遠慮がちに声をかけられて、我に返った。広い稽古場に萩乃の唐机と栄次郎の天神机が一つ、半間《はんげん》ほどの間を置いて向いあっていて、栄次郎が、手本を早くくれと言っているのだった。

萩乃の筆は、『恐恐謹言』と書くところまできて止まっていた。開け放しの障子から吹き込む風が、文鎮で押えている半紙をしきりに揺らせていた。

「お加減でもわるいのですか」

栄次郎は、まぶしそうに目をしばたたきながら萩乃を見た。

「いえ」

萩乃は、無愛想に答えて筆を走らせた。

顔を合わせれば俯くくせに、目をそらせていればいつまでもからみついている栄次郎の視線は、蜘蛛《くも》の糸のように鬱陶しい。普段なら我慢するのだが、太左衛門に父の話をされて気が重くなっている時に、妙に気遣わしげな目つきで見つめられるのは、鬱陶しいのを通り越して腹立たしかった。

萩乃は、書き上げた手本を素気《そっけ》なく渡して裏庭へ目をやった。

手入れをせぬまま生い茂っている萩が、いつの間にか、紅《あか》い花を咲かせている。

あの時も——と、萩乃は思った。

夫婦《めおと》になれるものと思っていた人の前から逃げ帰った時も、庭は、紅い花をつけた萩で埋まっていた。

すでに母は他界していた。萩乃は、なぜそんなことをしたのかと、父を責めて泣いた。十七の時だった。

相思相愛だった峰岸草胤《みねぎしそういん》の面影が、うっすらと目の前に浮かんできた。

気鋭の国学者であった草胤と出会うきっかけをつくったのは、今から思えば皮肉なことに、父の帯刀であった。草胤の父親で、著名な国学者である峰岸槃斎《はんさい》が、帯刀の評判を耳にしてたずねてきたのである。帯刀は槃斎の訪問に感激し、槃斎は、万葉や古今の歌人達が持っていたのびやかな心を教えている帯刀に感心した。

二人が、心地よく酒の飲める間柄となったのは言うまでもない。すぐに槃斎の息子、草胤も稽古場を訪れるようになり、草胤と萩乃が惹かれあうようになるのも時間はかからなかった。

その年の秋、子供達が月見の団子を釣りに来て大騒ぎをした翌日に、槃斎が正式に息子の気持を伝えに来た。帯刀は、稽古場ではなく、箪笥やら文机やらが置かれて狭苦しい居間に槃斎を招じ入れた。

槃斎は、遅くとも来年の春には祝言をあげさせたいと言った。草胤が奥州の大藩に招かれて、四月から三年ほど江戸を留守にするというのである。

台所にいた萩乃は、帯刀が大喜びをして酒の支度を言いつけるものと思っていた。が、酒の支度どころか、承知したという返事すら、いつになっても聞えてこなかった。

槃斎に促され、ようやく答えた帯刀の言葉に、萩乃は耳を疑った。帯刀は、低い声ながらもはっきりと、「断る」と言ったのである。

「断る――だと？」

槃斎の声が尖った。娘を遠くへやりたくないのだという帯刀の理由に、うなずくわけもなかった。お互いを身勝手だと非難しあい、ついには声高な言い争いとなって、槃斎は席を蹴って帰って行った。

その数日後に、萩乃は、屋敷へ来てくれという草胤からのひそかなことづけを受け取った。当時、峰岸の屋敷は日本橋本町にあり、草胤は、広い客間で萩乃を待っていた。

「このことは、父にもまだ話さずにいるのです」

と、草胤は言った。

「萩乃殿のお父上は、いずれの藩のご浪人か」

萩乃は、父から聞かされていた藩の名前を言った。

草胤の口許が歪んだ。

「おらぬ」

「え？」

「その藩に、山中帯刀などという人物はおらぬのです」

だが――と、草胤は言った。

招かれている藩の江戸詰藩士から、面白い話を聞いたというのである。

江戸詰藩士は、草胤が山中帯刀という男の娘をめとると聞いていたらしく、自分の遠縁にあたる者にも同じ名前の者がいたと言った。しかも、闇討された父親の敵を捜して諸国を歩きまわっていたという。

だが、山中帯刀は病死した。藩からあたえられた路銀もつき、親戚からの送金も途絶えて、見る影もない惨めな姿で大坂蔵屋敷をたずねてきた。蔵屋敷の者は、あわてて粥を食べさせ、医者を呼んだが間に合わなかった。帯刀は、どこへ行ったかわからぬ敵を、どうやって捜せというのだと呟いて息絶えた。

「その時、一人ではとうてい歩けぬほど弱っていた帯刀を連れてきたのが、二十四、五とみえる浪人者だったそうです」

その先は聞かなくともわかった。父は、その時に蔵屋敷からもらったという礼金を懐にして、江戸へ向かったのにちがいなかった。

そして、山中帯刀となのり、瀕死の敵をみとった男として手跡指南の稽古場を開いたのだ。親の敵を討ちたい一心で諸国をめぐり歩いた心がけが孝子の手本なら、瀕死の床にいる敵を看病するやさしさは人間としての手本、子供を手習いに通わせるならそういう師匠のもとへ通わせたいと、親達は先を争って父の稽古場へ弟子入りさせたことだろう。弟子入りした子供にまず教えるのが、人を憎まぬのびやかな心を持つことだった。名声は上がる一方だったのも不思議はない。

「でも、私は恥ずかしい――」

耳をおおうようにして草履の前から逃げてきた萩乃は、父の膝を揺さぶって泣いた。

「許せ」

ほかに言葉が見つからなかったのかもしれない。父は同じ言葉を繰返し、萩乃はかぶりを振った。

「許してくれ。この通りじゃ」

「なぜ、こんなみっともない真似をなさったのです」

「名前がいやだった――」

かすれた声だった。

「わしは、わしの父からもらった名前がいやだった。父は、藩の金を使い込んで放逐されたのだ」

「父上様は、いったい何というお名前なのです」

猪谷十蔵《いがやじゆうぞう》――と、ややしばらくたってから父は答えた。

萩乃は、黙って父を見つめた。いつの間にか、見も知らぬ男が父とすりかわっていたような気がした。

どこかへ身を隠そうと、萩乃は言った。

が、父はかぶりを振った。

「今は、わしが山中帯刀じゃ」

「だからといって……」

「子供達を放り出して、ふいにいなくなることはできぬ。いなくなるのは、わしが猪谷十蔵であると世間に知れて、この稽古場に子供が一人もいなくなってからでいい」

それまでは、どんな恥をかいてもここにいる――と、父は言った。見慣れた山中帯刀の顔になっていた。

以来、萩乃は、父の稽古場を熱心に手伝うようになった。父の言う通り、山中帯刀となった以上、帯刀に教わりたいと言ってくる子供の面倒は最後までみなければいけないと思ったし、ここで身を隠せば、どこからともなく事実が堀江町界隈に知れわたるような気もした。

草揃の面影は、稽古場で子供達にかこまれているうちに薄れていった。萩乃と一緒に食べたいからと、わざわざ弁当を持ってくる子供達は可愛くもあり、母親より萩乃の言うことを聞くので、怖くもあった。草揃を思い出して泣く暇《ゆ》など、どこにもなかった。

二年が過ぎ、三年がたって、萩乃は二十歳《はたち》をこえた。嫁かず後家の噂がたちはじめたが、それもさほど気にならなかった。幾つかあった縁談も断って、萩乃は、一生を手跡指南の師匠として終えるつもりになっていた。

が、その決心は、父が生きていてこそのものであった。二十二歳の夏に、他人の名を騙《かた》ったことを繰返し詫びながら父が逝くと、萩乃は急に心細くなった。ほとんどの子供達が次々にやめていったせいもあるのだが、何よりも相談相手のいなくなったことが辛かった。

あの時に嫁いでいたら、――という後悔も頭をかすめるようになった。年齢をとって、子供達を教えるのもままならなくなったらどうしようと、背筋が寒くなる時もある。

そのくせ、稽古場を閉めたくはないのである。極端に内気で、稽古場へ来ても口をきかず、隅で目ばかりを光らせていた子が、数を教えるためのきしゃごにそっと手を出した時の嬉しさは、萩乃でなければわからないだろう。

稽古場を閉めて嫁ぐ気になどなれはしない。さすがに山中帯刀殿の娘御と、言われていたい気持もある。それなのに、いざ縁談が持ち込まれると、太左衛門の話にすら、四十を過ぎた自分の姿を想像してしまうのだ。――

「お師匠様」

栄次郎の声で我に返った。庭の萩が風に揺れていて、八つ半に近い稽古場は静まりかえっていた。

萩乃は、栄次郎の文字を見る前に、筆へ墨を含ませた。栄次郎の文字には、右下がりの妙な癖がある。先日もやかましく言ったのだが、そんな癖は簡単にとれるものではない。今日も、ほとんどの字を直すことになる筈だった。

顔を上げると、栄次郎の視線が待っていた。

萩乃は横を向き、栄次郎は、目をしばたたいて下を向いた。

太左衛門の家は、堀江町二丁目のはずれにあった。孫が採ってきたらしい雑草の鉢が軒下に置かれている仕舞屋《しもたや》で、孫達の声が表まで聞えていた。

出入口へ出てきた太左衛門は、首にかじりついて離れようとしない孫を奥の部屋へ追いやりながら、「これほどの話を断っては、あとで後悔する」と幾度も言った。わたしが困るのだとも呟いていたところをみると、必ず仲をとりもってくれと頼まれて、大船に乗った気でいてくれと胸を叩いてきたのだろう。

「子供達を教えている方が、私の性《しょう》に合っておりますので」

萩乃も強い口調で言って、太左衛門の家を出た。太左衛門が舌打ちをして、「強情な女だねえ」と言ったようだった。

三丁目の裏通りへ入ったところで、小僧を供に連れた恰幅のよい男に出会った。男は萩乃を見てていねいに挨拶をし、「大分、寒くなってまいりましたねえ」と言った。常盤屋の番頭だった。

愛想よく答えたが、萩乃は、すれちがった時に番頭が薄笑いを浮かべたような気がした。

そういえば、常盤屋の番頭から親しげに声をかけられたという記憶もない。顔を合わせれば挨拶はするが、常盤屋の主人夫婦に子供がいないため、萩乃の稽古場へ子供を通わせている人達のように、親しくつきあうことがなかったのだった。

ふと、番頭の薄笑いは栄次郎が原因ではないかと思った。

思ったとたんに気が重くなった。ただでさえ、稽古中の栄次郎の視線が鬱陶しくてならないところだった。

きっぱり断ればよかった。――

そう思う。

考えてみれば、独り身の萩乃のもとへ、これも独り身の栄次郎が手習いとはいえ熱心に通っているのである。店の者の好奇心を刺激しない筈がない。おそらく常盤屋では、小僧にいたるまで、栄次郎は手習いの師匠に夢中であると思っていて、二十七にもなる嫁かず後家のどこがよかったのかと、ひそかに笑っているにちがいなかった。

常盤屋だけではない。口さがない小僧は近所の小僧達に、「うちの手代さんのいい人」を教えてやって、近所の小僧達は、それぞれの店の手代や女中達にそのことを話しているだろう。萩乃と栄次郎の恋物語は、もう尾鰭《おひれ》がついてひろまっているかもしれなかった。

しかも、栄次郎は、十七歳まで他の傘問屋で働いていた男だった。その店が身代限りをしたので、つてを頼って常盤屋へ奉公したのだという。常盤屋にとって、栄次郎は子飼いの奉公人ではないのである。

子飼いでない者は重要な仕事をさせてもらえず、出世も遅い。番頭とならなければ所帯を持つことができず、栄次郎のように途中で奉公先をかわった手代の中には、四十になっても独り身で、その憂さを、居酒屋の女や遊芸の師匠を相手にして晴らす者もいる。萩乃と栄次郎の噂を聞いた人達が、そんな話を思い出しても不思議ではなかった。

とすれば、萩乃もふしだらな女と思われる。ふしだらだと思われれば、たちまち通ってくる子供達の数は減る。

栄次郎さんには、もう来ないでくれと言おう。——

ちらと、子供達の帰った稽古場の広さが脳裡をかすめたが、萩乃は、番頭が折れて行ったにちがいない表通りの角を見つめ、それから足早に歩き出した。

「お師匠様。お師匠様――」

男の子の声が呼んでいる。裏庭からだった。

ふりかえると、大工の子の定吉《さだきち》が、ぬれ縁に半身をのせて萩乃を呼んでいた。隣家との間の細い路地を通り、開け放しになっていた裏木戸から入ってきたらしい。

「どうしたの？　忘れ物なら、ちゃんと表から取りにいらっしゃい」

「いいえ」

定吉は、かぶりを振った。

「忘れ物じゃないんです。お師匠様、俺ね――」

ぬれ縁に俯《うつぶ》せて口ごもる。今日の定吉は、始終ぼんやりとしていたので、妙だとは思っていたのだが、やはり、子供なりに悩むことがあったらしい。

「俺ね、いけないことをしちまいました」

そこから上がっていらっしゃい――と、萩乃は言った。

定吉は、涙のこぼれかかった赤い目をして稽古場に上がってきた。

「あのね、お師匠様」

「なあに」

定吉はちょっとためらってから、一息に言った。

「お師匠様、どうしよう。俺、見ちまったんです。夜中にお父つぁんとおっ母さんが……」

定吉は、不安そうに口を閉じた。

萩乃は微笑した。

そんな話を打明けられるのは、はじめてではなかった。

手習いに通ってくるのは、表通りの店の子ばかりではない。手間取りの職人や、魚売りや羅宇屋《らうや》など、商売物を売り歩いてその日の糧《かて》を稼ぐような人達が、子供達には読み書きを覚えさせたいと、無理算段をして通わせてくることも多かった。

そんな子達は、ほとんどが四畳半一間の長屋に住んでいる。両親や兄弟と肩をすりあわせ、足をのせあって眠るような暮らしでは、ふと目を覚まして、その時の両親の姿を見てしまうことも稀ではないようだった。

定吉の父親も、手間取りの大工であった。住まいは豆腐屋の裏の長屋で、両親と妹の四人暮らしだった。

父親が子煩悩で、妹のおみつを肩車にし、定吉の手をひいて湯屋へ行く姿を、萩乃も幾度か見かけたことがある。冗談を言いながら背中を洗ってくれるにちがいない父親のそんな姿は、定吉にとって、声も出ぬほどの衝撃だったろう。

「心配しないでいいの。定ちゃんは、おみっちゃんのお兄さんでしょう?」

「はい」

「おみっちゃんも、お姉さんになりたいかもしれない。お父様やお母様は、おみっちゃんにも妹を生んであげようと思われたのかもしれませんよ」

定吉の顔が歪んだ。その時の光景が脳裡をよぎったのだろう。

「立派なお兄さんになる子は、このことを知っていなければいけないの。でもまだ、お父様にもお母様にもおみっちゃんにも黙っていましょうね」

定吉は答えなかった。

「お返事は？　立派なお兄さんが、それではいけませんね」

定吉は、今にも泣き出しそうな声で返事をした。

萩乃は、昨日、子供が弟子入りしている菓子屋から届けられた落雁《らくがん》を出してやった。が、定吉は、食べるどころではないらしい。立派なお兄さんになったと繰返されて、一足とびに大人になってしまったような気がしているのかもしれなかった。

「お食べなさい。そうだ、おみっちゃんにもお土産にしてあげましょうね」

定吉は、おそらくはまだ味もよくわからぬにちがいない落雁を食べ、おみつへの紙包みを持って帰って行った。

帰り際に、「留《とめ》ちゃんより、俺の方が偉くなっちまったんだ」と呟いていたところをみると、仲間の誰よりも『立派なお兄さん』になったつもりなのかもしれない。が、それも、留吉《とめきち》と竹馬の高さや独楽《こま》のまわし方を競っているうちに忘れてしまうだろう。

定吉の足音が路地の外へ消えるのを確かめてから、萩乃は自分の机を、稽古場の真中へひきずっていった。

今日、栄次郎は稽古に来ない。九日前の四の日に、もう稽古はできないと言い渡したのだ。

「そうですか――」

と言ったきり、栄次郎はいつまでも俯いていた。

よほど「では、もう一度だけ――」と言おうとしたのだが、思いきって顔を上げたらしい栄次郎の目と丸い鼻は、赤い色に潤んで、胸のうちにあるものをやっと抑えたのだと打明けていた。

断ってよかったと、萩乃は思う。思うのだが、なぜこれほど稽古場が広く感じられるのだろう。

萩乃はふと、たった今帰って行った定吉の家を想像した。

腰高障子を開ければ隅にへっついのある土間で、四畳半の座敷では、母親が夫の着物のほころびを縫い、妹のおみつが小さな手で洗濯物をたたんでいる。

定吉の持って帰った落雁におみつは歓声をあげ、母親も、その一つをおみつから貰って嬉しそうな顔をすることだろう。

竹馬を持って遊びにゆく定吉のあとをおみつが追って行き、やがて日が暮れて、父親が帰ってくる。親子揃って湯屋へ行って、干物に新香の夕飯をたべ、重なりあうようにして眠るのだ。

羨ましかった。定吉親子が、ずいぶん贅沢な暮らしをしているようにも思えた。

ふいに、右下がりの癖の強い字が目の前に浮かんだ。その癖を直してやろうとしてそばへ行くと、栄次郎は、おかしいほど軀《からだ》をかたくして、むしろ萩乃を避けるように机の端へ寄っていったものだった。

格子戸の開く音がした。栄次郎が、断られたのを忘れて稽古に来たのではないかと、萩乃は思った。

が、聞えてきたのは、栄次郎のそれとは似ても似つかぬ濁った声だった。

「ごめん下せえやし」

声と同時に障子も開けられて、髭のまばらにはえた男が顔を出した。

萩乃は、かすかに眉をひそめた。口をきいたことも、挨拶をしたこともなかったが、男の商売と名前は知っていた。岡っ引の五郎次《ごろうじ》だった。

「ま、そんなにいやな顔はしねえでおくんなせえ。これもお役目だ」

上がり込まれぬうちにと立って行ったのだが、五郎次は、板の間に腰をおろして萩乃を待っていた。

「お師匠さん。お前さん、儀兵衛《ぎへえ》という男を知っていなさるかえ?」

「いいえ」

萩乃は、大きくかぶりを振った。

五郎次は、腕を組んで萩乃を見た。

「おかしいね。俺あ昨日、儀兵衛というこそ泥を捕えたのだが、こいつに子供がいてね、盗んだ金は、弟子入りのために使ったと言っているんでさ」

「何かの間違いではありませんか」

萩乃は首をかしげた。近頃弟子入りした子はいなかったし、儀兵衛という名の親をもつ子もいなかった。

五郎次は、うっすらと笑った。

「そりゃね、こちらでは儀兵衛という名を使っちゃいねえかもしれやせん」

「では、何という名なのでしょう」

五郎次は、またうっすらと笑った。

「そいつがわかりゃ苦労はしやせんがね」

「でも……」

「とにかく、儀兵衛は、盗んだ金を使ったと言っているんだ」

五郎次の声が高くなり、萩乃はさすがに口を閉じた。

「お師匠さんは、ご存じねえのかな」

いったん消えた薄笑いが、また五郎次の口許に浮かんだ。

「盗んだ金を使われると、いろいろ面倒なことがありやしてね」

引合《ひきあい》を抜けと言っているのだと、萩乃にもようやくわかった。

盗賊が捕えられて、盗んだ金の使い途《みち》を白状すると、金を使われた店の主人やその家主、町役人までが取調べの引合に奉行所へ呼び出される。

金を使われた者も迷惑だが、それがたまたま店子《たなこ》や町の住人であった家主、町役人には、それ以上に迷惑な話であった。そのため、盗んだ金を受け取ってしまった者は家主に日当を払い、さらに家主と町役人を料理屋に招いて散財をするのが常であった。

盗賊がその店で豪遊をしていったのならともかく、手拭い一本を買われたというだけで散財するのではたまったものではない。

たいていの者は、盗賊が金を使ったと知らされると、引合から抜いてくれ――引合に呼びだされる面倒からはずしてくれと、金を包んで知りあいの岡っ引に頼みに行く。それに味をしめて、たちのわるい岡っ引は、小遣い銭に不足すると、盗難事件をつくりあげ、あらかじめ目をつけていた家へ盗んだ金が使われたと脅しに行くのである。今の五郎次がそれであった。

「俺あ、わざわざお師匠さんに、儀兵衛がこう言っていると教えに来たんですぜ」

萩乃は、黙って立ち上がった。

稽古場の隅へ行って、鼻紙に一分の金を包む。

引合を抜くのに一分かかったという話を小耳にはさんだことがあるのだが、板の間へ戻って、鼻紙にくるんだものを差し出すと、五郎次は、肩を揺すって笑い出した。

「俺は、お師匠さんに、もっと礼を言ってもらえると思っていたのだが」

五郎次は、笑いながら萩乃を見た。

「儀兵衛って奴は、猪谷十蔵っていえ男も知っていてね」

背に悪寒《おかん》が走った。

「何ね、お師匠さんが猪谷十蔵をご存じなけりゃ、こちとら、仕事は簡単なんで。そのまんま町方の旦那に引き渡しゃいい。が、俺がご近所にいながら、お師匠さんのお知りあいの名を明るみに出しちゃ申訳ねえと思ったんでね」

「猪谷十蔵を……」

口が乾いて、舌がもつれた。

「猪谷十蔵を、どうしようというのです」

「ご心配なく。いくら儀兵衛が知っていると申し立てても、どうにもなりゃしません。おっ死《ち》んじまってるんですから」

五郎次の唇から、かすかな笑い声が洩れてきた。

「ただ、こいつがねえ。親父も藩の金を使い込んだろくでなしだそうだが、こいつも人の名前は騙るわ、敵討の話をつくりゃがるわ、始末におえねえ奴でねえ」

「私にどうしろというのです」

「さすがにお師匠さんだ、ものわかりがいいや」

五郎次は腕組みをして、萩乃を値踏みするように眺め、片手を開いてみせた。

「五両ですか」

「冗談言っちゃいけねえ。騙りを見逃すんだ、桁が違うよ」

「そんな、五十両だなんて……」

「すぐにとは言いやせん。が、あんまり長く待たされても、お前《めえ》の店子《たなこ》にこういう騙りがいると、家主に相談にゆくかもしれやせん」

五郎次は、懐へ手を入れながら立ち上がった。

弟子入りの際の束脩《そくしゅう》が一朱か二朱、萩乃の稽古場では五節句ごとに三百文の礼金をもらうが、弟子のほとんどが商人の子である下町では、そのほかに米屋は米を、味噌屋は味噌を届けてくれるので、わずかずつでも蓄えができる。が、手文庫の中には、十五両の金しか入っていなかった。開けてみなくともわかっていることだった。

毎月二十五日は天神様の日で、その日の菓子を買うために貯めている金を集めても、二、三分にしかならない。

萩乃は、顔をおおった。

誰かに金を借りねばならなかった。

思いつく者は太左衛門しかいない。萩乃は、草履をはくのももどかしく走り出した。

萩乃の気が変わったと思ったのだろう。

満面に笑みを浮かべて座敷に上げてくれた太左衛門だったが、用件を聞くと、言葉も態度も素気なくなった。吝嗇という噂は、嘘ではなさそうだった。

萩乃は、早々に太左衛門の家を出た。

夕焼けに町が染まっていた。そういえば、一文の金もないという太左衛門の言訳を聞いている時に、七つ（午後四時頃）の鐘が鳴ったような気がした。

手文庫に十五両、天神様の積立てを入れても十五両二分二朱、残りの三十四両あまりを、どこで集めればよいのだろう。

日頃、何なりとお師匠様の力になると言ってくれている人はいる。下駄屋である徳松《とくまつ》の親も、照降町で小間物屋を開いているおせんの親も、二、三両の金なら黙って貸してくれるかもしれない。

が、三両の金を貸してくれと十数軒に頭を下げて歩いたなら、たちまち金の使い途についての詮索がはじまるだろう。

借りられない。

そう思った。

が、借りなければ、父が人の名を騙って生きていたことが明るみに出る。

では、借りるか。借りれば、その使い途を詮索され、そのうちにやはり父のほんとうの名が出てきそうな気がした。

第一、五十両を渡したところで、五郎次がずっと黙っていてくれるだろうか。

「もし――」

男の声が聞えた。誰かを呼んでいるようだった。

「あの、お師匠様――」

萩乃は足をとめて、ぼんやりとふりかえった。道の端に立ってこちらを向いている、輪郭の丸い童顔が目に映った。

「栄次郎さん――」

思わず駆け寄ろうとして、萩乃は、稽古場へ入ってきた時の栄次郎と同じように目をそらせた。

ようやく知人に出会えたような気がして、栄次郎が妙になつかしかったが、考えてみれば、昨日までその視線を鬱陶しいと感じていた男ではないか。萩乃は、自分の気持の身勝手な変わりように戸惑った。

「どうかなさいましたか」

萩乃を見つめているらしい栄次郎が言った。

「いえ……」

萩乃は、目をそらせたままかぶりを振った。

話の継穂がなくなって、栄次郎は踵を返すだろうと思ったのだが、ためらいながら近づいてくる足が俯いている目に映った。

「お顔の色がわるうございます。よほど知らぬ顔で通り過ぎようと思ったのですが」

気持が昂《たかぶ》っているせいか、それだけで涙ぐみそうになった。栄次郎は、遠慮がちに言葉をつづけた。

「お差し支えなければ、何があったのか、お聞かせ下さいませんか」

萩乃は黙っていた。

「口のかたいだけが、取得でございます」

萩乃は、顔を上げて栄次郎を見た。栄次郎は、目をしばたたいて顔をそむけた。

「五郎次が……」

ふっと、その名前が口をついて出た。

栄次郎が、ちらと萩乃を見た。早く話せと言っているようだった。つられたように、萩乃は口を開いた。

栄次郎は、驚くにちがいなかった。萩乃にどれほど好意をいだいていたとしても、山中帯刀が猪谷十蔵であったことを知れば、その娘の萩乃もうとましくなるにちがいなかった。

「申訳ありません。長々とお恥ずかしいことをお話しいたしました。が、どうかお願いでございます。父のために、黙っていてやって下さいまし」

萩乃は深々と頭を下げた。

栄次郎の低い声が聞えた。

「お師匠様が、そんなに肩身を狭くなさるような話じゃないじゃありませんか」

「え？」

萩乃は栄次郎を見た。

萩乃を見ていた栄次郎が、また目をそらした。

「前のお師匠様が、他人の名を騙って、わるいことをしたというのなら別ですが」

「でも……」

「わたしのほんとうの名は、三次郎《さんじろう》といいます。栄次郎は、常盤屋の手代になった時につけられる名前で、わたしが辞めるか番頭になるかすれば、また誰かが栄次郎になります。似たようなものじゃありませんか」

栄次郎は、ちらと萩乃を見て笑った。

「前のお師匠様が、山中帯刀という名になって運が開け、お人柄もご立派になられたというのなら、こんなに結構なお話はないじゃございませんか。お蔭でこのご近所の子供達は、どこの誰よりも立派なお師匠様に読み書きを教わることができたのですよ」

萩乃は、まばたきもせずに栄次郎を見つめた。そういう考え方もあったのだと思った。悴がかたい商売の店に奉公できたと、目に涙を浮かべて礼を言いに来た夜鷹蕎麦《よたかそば》の夫婦や、娘が行儀見習いをかねて大店へ奉公することになったと興奮して知らせに来た大工夫婦の顔などが、次々に脳裡へ浮かんできた。もっと早く栄次郎に出会っていれば、父も、山中帯刀となってよかったと言いながら、あの世へ旅立って行けたかもしれなかった。

が、栄次郎の顔から笑みは消えていた。

「わたしも、ほかの名前で働きたかった」

萩乃は首をかしげた。栄次郎の口許に、別の笑いがひろがった。

「常盤屋の栄次郎で、番頭になった者はいないのですよ」

「そんな」

「ご存じの通り、わたしは常盤屋の子飼いではございません。縁起《えんぎ》のわるい名前をつけられても仕方がないのですが、それでも、これまでの栄次郎よりはましだと言われたい――くらいのことは考えます。文字……」

そこで口を閉じた栄次郎へ、萩乃は深々と頭を下げた。父も自分も、立派な師匠であろうと努めたのは、猪谷十蔵の名を隠すためだけであったような気がした。

その耳へ、遠慮がちな栄次郎の言葉が聞えてきた。

「あの、五郎次の一件は、わたしにおまかせいただけますか」

聞き違いではないかと、萩乃は思った。が、栄次郎は、同じ言葉を繰返した。

「八丁堀へ行って参ります。顔見知りの定町廻り同心がおりますので、その同心から五郎次に、お師匠様には何もせぬよう言ってもらいましょう」

「そんなことを、栄次郎さんに……」

「私は、商家の手代でございますよ」

商家は、どんな手を打っても暖簾《のれん》に傷のつくようなかかわりあいは避ける。捕物もその一つだった。どこの商家も、日頃から定町廻り同心や吟味与力に届け物をして、万一、引合を抜いてもらうようになった時にもめぬよう、用心をしているのだった。

「常盤屋でそんなことをしているのが、わたしでございまして」

材料の買付けや得意先との交渉などは、いまだにまかせてもらえぬのだと、栄次郎は低い声で笑った。


稽古場まで送ってきてくれた栄次郎に、萩乃は小さな声で尋ねた。

「あの、お金は？――」

「申訳ありません」

痛々しげに萩乃を見ていた栄次郎は、目をしばたたいて横を向いた。

「いらないと申し上げたいのですが、私には、それほどの持ち合わせがございません」

萩乃は稽古場に駆け上がり、手文庫の十五両と積立ての二分二朱をかき集め、それに財布を添えて差し出した。

栄次郎が、はじめて正面から萩乃を見た。萩乃の方が目をそらせた。栄次郎の口許には、まかせてくれと言いたげな笑みが浮かんでいた。

「これで充分です」

栄次郎が取ったのは、五両だけだった。

「夜になってしまうかもしれませんが、必ずもう一度参りますので」

栄次郎は、また目をしばたたいて俯いた。

格子戸を閉めてから頭を下げ、足早に歩いて行く。見ようによっては、縁起のわるい名前をつけられた梲《うだつ》の上がらない男の姿だった。

萩乃は、稽古場に戻って残りの金を手文庫にしまった。

行燈《あんどん》に明りを入れ、机の前に坐ったが落着かない。

まだ戻ってくるわけはなかった。店の仕事を終えてから来てくれるにちがいないことも、わかっていた。

が、栄次郎の声が聞えたような気がして幾度萩乃は板の間まで立って行ったことか。板の間に立てば、そこから見える裏通りの人影が皆栄次郎に見えて、格子戸を開けずにはいられなかった。

長かった。栄次郎が姿を見せてくれるまでの時間は、とまっているのではないかと思うほど長かった。

「ごめん下さいまし」

と言う声とともに格子戸が開いた時、萩乃は、夢中で稽古場を走った。

栄次郎は、提燈《ちょうちん》に書かれた常盤屋の名を袖で隠すようにして立っていた。

萩乃は、足袋裸足《たびはだし》のまま沓脱《くつぬぎ》に降りた。

「万事、うまくゆきましたよ」

栄次郎は、人通りを気にしているらしく、口早に言った。

「もうご心配はいりません。今日は遅いですから、明日にでも詳しくお話しいたします」

有難うございます——と、萩乃は口の中で言った。

「では」

踵を返そうとした袖を、萩乃はそっと摑んだ。提燈に書かれた常盤屋の文字が見え、明りが揺れた。

栄次郎は、黙って萩乃の手から袖を引き抜こうとした。萩乃は、泣き出しそうな顔でかぶりを振った。

「お師匠様、わたしは……」

わかっていた。栄次郎がそんなつもりではなしに八丁堀へ行ってくれたことは、胸にしみてよくわかっていた。それだからこそ、栄次郎の気持が身にしみた。

が、栄次郎は、萩乃の手を袖から引き離した。

「明日、お話しにまいります」

逃げるように帰って行く栄次郎の後姿を、萩乃は外へ出て見送った。

しばらくの間は提燈の明りが足許から小柄な姿を浮かびあがらせていたが、やがて、わずかな明りだけを残して、星もない夜の闇に溶け込んでいった。

萩乃は、その時になって栄次郎がふりむいたような気がした。

男の八分

老若男女、武士、職人、商家の内儀に娘、あいかわらずの人混みだった。日本橋通《とおり》油町《あぶらちょう》の午後であった。

家を出ようとした時に大家が来て、井戸《いど》浚《さら》いの日時をのんびりと話していったので香《か》奈《な》江《え》は、約束の時刻に遅れそうになっていた。

年が明けたと思っているうちに、今日で三月も終る。ゆるやかな陽射しを浴び、足早に人混みを縫って歩いていると、額や胸もとが汗ばんでくる。

『さうし問屋』の文字と、鶴が丸く羽をひろげている商標の書かれた箱看板が、やっと見えてきた。

『さうし』は草紙《そうし》で、箱看板は、地《じ》本問屋《ほんどんや》の老舗《しにせ》、鶴屋《つるや》仙鶴堂《せんかくどう》のものだった。

香奈江は、ほとんど走っているような急ぎ足になった。鶴屋の大きな箱看板の陰で立ち止まり、手拭いで額や衿もとを押え、汗を吸いとらせる。はずむ呼吸を整えて店へ入って行こうとすると、中から小僧の増吉《ますきち》が飛び出してきた。

香奈江は、増吉を呼びとめた。

「あ、里香《りこう》さん」

増吉の顔がほころんだ。

香奈江は、長谷川《はせがわ》里香の名で鶴屋の筆耕《ひっこう》をしている。戯作《げさく》者からの草稿を、板下《はんした》用に書き直すのである。

増吉は、主人の喜右衛門《きえもん》に香奈江の来たことを知らせてくると言い、店の奥に入っていった。喜右衛門は、来客中のようだった。

錦絵の束を揃えていた二番番頭が、「こちらへお上がりになりませんか」と声をかけてくれたが、香奈江は、礼を言って店先に腰をおろした。

どこからか、尺八の音《ね》が聞えてきた。虚無僧《こむそう》が修行に歩いているのだろう。

香奈江の隣りでは、三人連れの娘が、はなやいだ声で笑いながら役者絵を選んでいる。その向うでは、近郷から出てきたらしい男が、土産の合巻本《ごうかんぼん》を買っていた。

これは読みやすい——と、男は言っている。番頭が、香奈江を見て微笑した。

男の持っている合巻本の文字は、香奈江が書いたものだった。板下用の絵は名のある絵師が描き、香奈江の書いた板下と絵師の描いた板下絵は、それぞれ専門の彫師に渡されて板木《はんぎ》がつくられる。

香奈江はふと、その本の筆耕は自分だと言いたい衝動にかられた。決して好きではじめた仕事ではなく、幾度やめたいと思ったか知れないのだが、今度ばかりは友達の手習い師匠、萩乃の言うこともっともだと思った。萩乃は、いろはも読めなかった子供が、むずかしい漢字まで書けるようになってゆくのを見ると、しみじみ手習いの師匠をしていてよかった、嫁《ゆ》かず後家の悪口も忘れてしまうというのである。

番頭が、「種彦先生の新しいお作ができあがってまいりましてね」と話しかけてきた。これから浄書《きよがき》を頼まれるのは、柳亭種彦《りゅうていたねひこ》の新作らしかった。昨日、田所町《たどころちょう》の香奈江の家へ使いに来た増吉は、種彦先生に無理を言って書いてもらったのだと言っていた。

種彦は、今、江戸で最も人気のある戯作者であった。彼の書いた合巻本、『修紫《にせむらさき》田舎源氏《いなかげんじ》』は文政十二年に鶴屋から初編が開板《かいはん》されて以来、三年後の今年、天保三年には第六、第七編が開板されたが、その売れゆきは、いつも前年を上まわっていた。新興の地本問屋に押され、屋台骨の傾きかけていた鶴屋仙鶴堂が、この一作で息をふきかえしたと言われているのも無理はなかった。

「お待たせしました」

と、奥から出てきた増吉が、ませた口調で言った。客はまだ帰らぬが、かまわずに階段脇の小部屋へ来てくれと喜右衛門が言っているという。

香奈江は、番頭に会釈をして店に上がった。

左隅に鶴丸を白く染め抜いた暖簾《のれん》がかかっていて、暖簾をくぐると狭い廊下になる。その廊下の端に階段があり、主人の喜右衛門は、階段脇にある小部屋でよく彫師や摺師に会っていた。

まだ帰らぬという客も、彫師ではないかと香奈江は思った。五月の中村座にあてこむのなら、そろそろ役者絵の板木を摺師に渡さなくてはならない。

が、聞えてきたのは、捨鉢な口調の男の声だった。

「いつ開板できるかわからない、つまり、蛇の生殺しってやつだ」

香奈江は足を止めた。戯作者か浮世絵師か、自分の作品がいつまでも彫師へまわらぬのに焦れて、催促に来ているようだった。

「ですから、幾度も申し上げているじゃありませんか」

喜右衛門の声はひややかだった。

「開板までの手続きが面倒なのですよ。あなたの書かれた合巻本が、先に書かれたものに似ていないかどうか、地本問屋の行事《ぎょうじ》が調べなければなりませんし……」

「ほう――。わたしが、誰の合巻本を真似たっていうんです」

「誰もそんなことは言っちゃおりませんよ。どなたが書かれたものでも、行事が調べたあとで、町年寄にも開板のご承認をいただきます。ご存じの筈じゃありませんか」

「知っていますがねえ」

他人事《ひとごと》のように男の声が答えた。

「あの合巻本が、保永堂《ほえいどう》というちっぽけな板元からこちらへ渡されたのは、去年の正月だったじゃありませんか。もう一年以上もたっている。まだ行事の手許にあるなんざ、信じろと言う方が無理だと思いますがね」

「わたしどもも、早く開板したいのですよ」

「そうですかねえ」

と、男は言った。

「ところで、歌川広重《うたがわひろしげ》の景色絵はどうしました。保永堂が開板したくってしょうがないのだが、金が足りぬ、力を貸してくれと言った筈の、あの景色絵ですよ」

「ああ、『東海道五十三次』ですか」

「わたしの合巻本はともかく、広重の景色絵は、国貞《くにさだ》にも国芳《くによし》にも描けない傑作だという評判でしたがね」

「ええ。大当りするかどうかは別ですが」

「保永堂に力を貸して、万一それが大当りでもしたら、保永堂という新しい商売敵ができることになる。『田舎源氏』で息をついた鶴屋が、また苦しくなりかねませんからねえ」

「鶴屋喜右衛門、鶴喜もみくびられたものですね。保永堂さんにはもう、お金をお貸ししましたよ。広重の景色絵は、来年、開板されます」

「それじゃなぜ……」

ごめん下さいませ——と、香奈江は、障子の中へ声をかけた。立ち聞きをするつもりはなかったのだが、声をかけるのを躊躇《ちゆうちよ》し過ぎたようだった。

「里香さん？　お待ちしていたのですよ」

ほっとしたような喜右衛門の声が聞えてきた。

香奈江は、障子を開けようとして右の手を桟にかけた。が、それより早く障子は向う側から開けられた。

「お先に」

長身の男が、香奈江に会釈をして廊下を歩いて行った。

香奈江は、挨拶をしそびれて男を見送った。

浪人風の姿に見覚えがあった。香奈江は、咄嗟《とっさ》に記憶の糸をたぐった。

柳亭種彦の屋敷へ、新年の挨拶に出かけた日のことを思い出した。男は、足許もあやういほどに酔って、種彦の弟子達の眉をしかめさせていた井口東夷《いぐちとうい》という御家人くずれの戯作者にちがいなかった。


出入口の戸が開いた。

人が入って来たようだが、案内を乞う声は聞えない。だが、両国で芝居小屋の幟《のぼり》でも眺めてくると言って出かけた父が帰ってくるには、少し早過ぎた。

香奈江は、鶴屋の増吉が来たのだろうと思った。昨日、鶴屋から帰ってくると間もなく種彦からの使いが来て、しばらく筆耕を待ってもらいたいということづけを伝えていった。新作の内容を大幅に変えたので、翌《あく》る日に新しい草稿を届けるというのである。それが届けられてもよい頃だった。

　香奈江は、判じ物の文字を書いていた筆を置いて立ち上がった。

　裏通りの仕舞屋《しもたや》で、唐紙を隔てた右側が父の居間と仏間を兼ねた六畳、香奈江の机がある三畳の障子を開ければ、すぐに出入口の板の間となる。障子に淡い影が映って、たずねてきた人は、板の間に腰をおろしたようだった。

　香奈江は作法通りに膝をつき、障子を開けた。板の間に坐っていた男は、香奈江の視線の位置を正確にとらえ、口許だけで笑った。

「すっかりご無沙汰——いや、ご無沙汰はお互い様だな」

　咄嗟に言葉が出なかった。板の間に坐っていたのは、かつての夫、稜之助《りょうのすけ》であった。

　香奈江は、顔をそむけて頭を下げた。

「少しも変わらないね、お前さんは」

　香奈江が離縁されてから、四年たつ。香奈江は顔をそむけたまま、あなた様も——と低声で言った。稜之助は、乾いた声で笑った。

「変わらぬどころか、お前さんが屋敷を出て行って間もなく、二十六の若さで隠居をさせられたよ」

　知っていた。先祖が六代将軍家宣《いえのぶ》の時に召し出され、御徒士《おかち》に加えられたという長谷川家は今、稜之助のいとこに当る二十二歳の若者が継いでいる筈だった。

「あいかわらず、繁盛しているようだな」

障子の隙間から、香奈江の机が見えたらしい。稜之助の笑顔が歪んだ。帰ってくれとも部屋に上がってくれとも言えず、香奈江は、黙って立ち上がった。とりあえず、茶をいれるつもりだった。

「世の中にゃ貧乏籤《くじ》をひく奴もいるとわかっていたが、まさか、それがわたしだとは思わなかったよ」

稜之助の声が、部屋の隅まで追いかけてきた。

「お前さんの許婚者《いいなずけ》だった組頭《くみがしら》の次男坊は、わたしの親父が出した金で、古道具屋になったというじゃないか。貧乏御家人の婿で終る筈の男が、二、三人の奉公人もいる店のご主人様だ。羨ましいかぎりさ」

返事のしようがなかった。

香奈江の父、長谷川州之助《しまのすけ》は八年前、日本橋石町《こくちょう》の質屋、勝田屋伝兵衛《でんべえ》に御徒士の株を売った。伝兵衛の息子、稜之助を、五百両の持参金つきで養子としたのである。長患いの末に逝った妻の医薬代がもとで借金がかさみ、それを返済するどころか、利息が雪だるまのようにふえていって、七十俵五人扶持の禄米も、借りのある札差に差押えられて、自分の手に入らぬありさまとなっていたのだった。

稜之助が言っていた通り、当時十六歳だった香奈江には、すでに許婚者がいた。州之助の上司である御徒士組頭の次男で、縁組解消には当然一悶着あると思われたのだが、株を売り払った金の五分の一を渡すと言うと、案外にあっさりと引き下がった。先祖代々七十俵五人扶持、孫子《まごこ》の代になっても禄高は変わらぬ貧乏御家人より、才覚次第で店を大きくできる商人の方がよいと、次男は刀を捨て、その金をもとでに古道具屋をはじめたのである。

が、商人の伝兵衛や稜之助には、『武家』の肩書が眩しく見えていたのかもしれない。伝兵衛は、株を買い取る時の条件として、香奈江を養女に出してくれと言った。いずれ稜之助も妻帯するだろうが、その時に香奈江がいたのでは、稜之助の妻との間で何かと問題が起こるというのが理由であった。

承知するほかはなかった。香奈江は、勝田屋伝兵衛の弟で、やはり質屋を営んでいる男の養女となった。

ところが、たまたま叔父の家を訪れた稜之助が、香奈江に一目惚れをした。商人の娘となっていた香奈江は、州之助の同僚の養女となって長谷川家へ嫁ぐというややこしい手順を踏んで、実家へ戻ってきた。

それで万事がうまくゆくように見えた。事実、二年ほどは何事もなく過ぎたのだが、稜之助の持参金が借金の返済と面倒な手続きのたびにする上役への礼金で消え、州之助が内職をはじめた頃から稜之助の機嫌がわるくなった。

武家の台所はどこも苦しい。物価がどれほど上がろうと、収入——家禄はふえぬのだから当然のことで、御徒士などの下級武士は、武家の意地も見栄もとうに捨てて、内職に精を出していた。

植木づくりで汗を流す者や凧をつくる者がいれば、鈴虫や松虫を育てる者、金魚を養殖する者もいる。州之助の内職は、筆耕と近在から訴訟に出てくる人達の代書であったが、割のよい仕事だと周囲から羨ましがられていたものだった。

それでも、武家の地位が眩しかった稜之助には、内職をする義父がわびしく見えたのだろう。金が足りぬのなら勝田屋に援助をさせると、幾度も州之助に言った。が、州之助はかぶりを振りつづけた。州之助にしてみれば、株を売った上に町人の援助をうけるなど、もってのほかのことだったにちがいない。

その頃は、州之助の気持ばかりをもっともだと思っていたが、今になってみれば、毎夜不機嫌な顔で酒を飲み、ついには暴力をふるうようになった稜之助の胸のうちもわからないではない。

屋敷では、いつも義父が内職に精を出している。美しい文字を書く妻も、父の内職を手伝って、机に向っていることがある。呉服問屋の悴から御徒士となった同僚も、鈴虫の飼育を面白がっている。稜之助は、自分一人が浮き上がっているような気がしていたのではあるまいか。

苛立つ稜之助を横目で見て、州之助は内職をつづけていた。しかも、持ち込まれる仕事をすべてひきうけてしまうため、どうしても香奈江が手伝う破目になる。

稜之助は、州之助と話し合っている香奈江を見ると、それが内職のことではなくとも荒れ狂った。香奈江の机を庭へ放り投げたこともあった。

出て行け。――

と、稜之助が刀を抜いてわめいたのは、四年前のことだった。鶴屋の番頭が、香奈江に仕事を頼みに来たのを見つけられたのである。

父の手伝い以上の仕事をする気は香奈江になく、断るところだったと言っても、稜之助の罵声はやまなかった。

お前は、筆耕でも代書でもして好きに暮らせ。わたしは実家から金を引き出して、のんびりと暮らす。どうせ、それよりほかに能のない人間だ。――

鶴屋の番頭は這《ほ》う這うの態《てい》で逃げ、香奈江も着のみ着のままで屋敷を出た。門の外で待っていた番頭にすすめられるまま、その夜は鶴屋に泊めてもらったのだが、翌日、香奈江を探しに来たのは、御徒町の屋敷へ帰ってこいという稜之助からの使いではなく、州之助と勝田屋伝兵衛の二人だった。

州之助と伝兵衛が、どんな話し合いをしたのかは知らない。が、香奈江は実家――伝兵衛の弟の家へ戻れと言われ、乱暴ぶりが噂の種となっていた稜之助は隠居、そのいとこが長谷川家の跡を継ぐことになった。

香奈江は実家へ戻らなかった。独りで暮らすと香奈江は強情を張り通し、鶴屋喜右衛門に頼んで家を借りてもらい、筆耕やあまり好きではなかった代書の仕事も片端からひきうけた。

州之助が風呂敷包みをかかえてあらわれたのは、それから二年後のことだった。州之助は、「あの男に長谷川家はまかせた」と呟くように言って、風呂敷包みを投げ出した。

——

「おい」

稜之助の声で我に返った。

「いったい、いつまで茶をいれているのだ」

香奈江は、あわてて土瓶の蓋を取った。湯をそそいだまま手をとめていた土瓶の中で、茶の葉はいっぱいに開いていた。

「すみません。土瓶の口がふさがっていて……」

言訳にならぬ言訳をして、香奈江は台所へ立って行った。

ざるへ開いた茶の葉をあけ、土瓶を洗う。

「わたしの養子が、女房をもらうことになったよ」

妙に近いところで稜之助の声が聞えた。香奈江は、用心深く身構えてからふりかえった。案の定、稜之助は部屋に上がり、台所との敷居際に立って香奈江を眺めていた。

「お前さんも知っているだろうが、あいつは、真面目の上にくそがつくくらいなんだよ。上役の御覚えもめでたいそうだ」

「結構なことではございませんか」

稜之助は、うっすらと笑った。

「わたしだって出世するつもりだったさ、養子に入った頃はね」

答えようがなく、香奈江は布巾を取って、土瓶の雫《しずく》を拭いた。

「話に聞けば、御徒士から勘定方へすすむ道もひらけているという。それなら、なまなかな武士よりわたしの方が役に立つ。親父の金を利用して勘定方へすすみ、お前さんやお前さんのお父上が、泣いて喜ぶほどの出世をしてやる、そう思っていたよ」

「そのお気持だけでも嬉しゅうございます」

「ところが、簡単に勘定方へすすめたのは昔の話、今は上の方に知り合いがいるか、よほど金があるかしなければ、とてもすすめぬと言われてね」

視線があった。いやな予感がして、香奈江は咄嗟に身をひるがえした。が、狭い台所では、思ったほどに動けなかった。稜之助の手が袂を摑み、手刀をふりおろそうとした腕も押え込まれた。子供の頃に町道場へ通っていたという稜之助の力は、思いのほかに強かった。

「おやめ下さいませ。一昨年、若い奥様をお迎えなされたではございませんか」

「あれは、身のまわりの世話をしてくれる女だ」

「嘘をおつきなさいませ」

稜之助の唇が衿首を這った。香奈江は、必死にもがいた。とうに手から離していた筈の土瓶が、どこにどうひっかかっていたのか、足許に転がり落ちて割れた。案内を乞う声が聞えたのは、その時だった。

「里香さん、井口東夷です。ちょいと用ができたので、寄らせてもらったのだが――」

一瞬、香奈江を抱きすくめている腕の力がゆるんだ。香奈江は力まかせに稜之助を突き飛ばし、転げ込むように三畳の部屋へ逃げた。


開け放したままの障子の向うに、井口東夷が立っていた。

香奈江は、急いで髪や衿もとの乱れを直した。が、東夷に何と言って挨拶をすればよいのかわからない。東夷はその異様な気配を察しているのかいないのか、無表情に板の間へ腰をおろした。

その足許に、稜之助の草履がある。香奈江の背や胸に、汗が噴き出した。

「先刻、種彦先生のお屋敷へ、俺の合巻本も早く開板できるよう力添えをしてくれと、恥も外聞もなく頼みに行きましてね」

東夷は、格子戸の外を見ながら言った。

「承知してもらったかわりに、使いを頼まれました」

懐から、挿絵までがていねいに描かれた草稿を出し、香奈江をふりかえる。香奈江は、袖口で額の汗を拭っているところだった。

「遠いところを、――有難うございました」

「用はこれだけだが、せっかくこうして顔を合わせたのだ。そのあたりまで出かけてみませんか」

やはり、台所の気配を怪しんでいたらしい。香奈江を外へ連れ出してしまおうと思ったのだろうが、台所から声がした。

「出かけることはないさ」

稜之助は、ざるをかけてあった釘にでも傷つけられたのか、血のにじむ指を舐めながら三畳の部屋にあらわれた。

「わたしが帰る」

精いっぱいの虚勢を張っているのだろう。稜之助は見向きもせずに香奈江の前を通り過ぎ、板の間から立ち上がった東夷を見て足を止めた。

「おや、御持組の井口静馬《しずま》殿じゃありませんか」

「親からもらった名前はその通りだが」

稜之助に話しかけられて、東夷の方が顔をそむけた。

「俺は、お前さんにどこで会ったか思い出せねえ」

「そりゃそうでしょう」

稜之助は、声を上げて笑い出した。

「養子にいったばかりの頃でした。屋敷のある和泉橋通りで出会いましたが、その折、一緒にいた同僚は、わたしを物陰へひきずり込みましたよ。あれが、我々のようなもと商人に喧嘩をふっかける物騒な男だってね。その後も一度出くわしましたが、やはり隠れてやり過ごしました」

「そいつはすまなかった」

　東夷の笑いは、ますます苦くなった。

「が、喧嘩をふっかけていたのは俺じゃねえ」

「お父上があなたを廃嫡し、持参金つきの養子を跡取りになすったので、やけくそになっているのだと聞きましたがねえ」

「仰せの通りだ」

「戯作で身をたてるつもりか、柳亭種彦の弟子になって桜亭満彦《おうていみつひこ》となのっていたが、刃傷沙汰をおこして屋敷を追い出されたとは、その後しばらくたってから聞きましたよ。刃傷沙汰が表に出なかったのは、嫌っている養子の実家から金の力を借りたのだともね」

「それも仰せの通りだが」

　と、東夷は言った。

「刃傷沙汰の相手は、御家人株を買った奴じゃねえ。俺の親父だ」

「へええ。親父相手に刃傷沙汰とはねえ」

「養子の実家に金を出させて、女をかこったり酒びたりになったり、それまでしたくてもできなかったことをしている親父が情けなかったのよ」

　さすがに稜之助は口を閉じた。

「俺が斬りつけても、持っていた火箸で受けとめるだろうと思ったのだが、親父はじっと動かなかった――」

そんな話を聞いたことがあると、香奈江は思った。転んで腕をすりむいたという御持組の隠居の怪我が、実は刀で斬られたものだったというのである。廃嫡した実子に斬られたらしいという噂だったが、その場に居合わせた女が、隠居は剃刀を持って転んだと言い出したのと、隠居の傷が軽かったのとで事件はうやむやになり、噂もいつの間にか消えた。

「俺は、屋敷を飛び出したがね。しばらくして親父がたずねて来たのさ」

びっくりしたよ――と、東夷は苦笑した。

「めし炊きに雇えと言うのさ。もうちょっと売れる戯作者になってからとお帰りを願ったが、いまだに待たせっ放しだ」

「わたしとは正反対だ」

稜之助は首をすくめた。

「わたしはこの通り隠居をさせられたが、うちの親父は、五年ほど前に唐物屋《とうぶつや》の店を出して、二、三年のうちには小間物問屋の株を買うのだと言ってますよ」

「それこそ結構な話じゃねえか」

「男の軀《からだ》は、出世への望みで八分通り埋まっているそうですがね。それでは出世の望みを絶たれた男は、いったい何で埋まっているんですかね」

「さあて」

三十俵三人扶持の貧乏暮らしに愛想がつき、御家人株を売って、したい放題をしてのけた父親の面影が脳裡をかすめたのかもしれない。東夷の顔からも笑みが消えた。

その父親は、東夷が一流の戯作者になるのを待っているそうだが、それが東夷の父に残っているわずかな出世欲だとしたら、州之助に残っているものは何なのだろう。

香奈江は、州之助がこの家へ移ってきて、鶴屋仙鶴堂へ挨拶に行った時のことを思い出した。

州之助は、暗に香奈江とかわって仕事をすると言ったらしいのだが、増吉が届けにくる草稿は、香奈江を名指してのものばかりだった。筆耕をやめたいと思ったのは、その時だった。

「帰ろ」

と、稜之助が言った。

「つい、長居をしちまった」

格子戸の音が、妙に甲高く響いた。

増吉が東夷の合巻本、『草枕旅路夢《くさまくらたびじのゆめ》』の草稿を届けに来たのは、その数日後であった。急に開板が決まり、挿絵も『偐紫田舎源氏』を描いている人気絵師、歌川国貞がひきうけてくれたという。どうやら種彦が骨を折ったようだった。

増吉は、急いでくれという喜右衛門のことづけを伝えて帰って行った。開板は種彦の新作と同じ来年の正月だが、種彦の彫りにとりかかる前に、東夷のそれを終らせたいと彫師が言っているらしい。念を入れる仕事の合間に片付けてしまいたいのだろう。種彦の頼みを断ることもできず、しぶい顔で『草枕』を開板する鶴喜の胸のうちを、彫師も読んでいるらしい。

それでもよかったと、香奈江は思った。

増吉の帰った出入口の板の間に膝をついたまま、何とはなしに東夷の草稿を開いてみた。これから国貞にまわされるのだろうが、想像以上に達者な東夷の下絵もついている。悪役らしい男を見下しながら芸者と相合傘で立っている俠客の風貌が、どこか東夷に似通っていた。

「鶴屋からの仕事か」

州之助の声が聞えた。ふりかえると、平たい風呂敷包みをかかえた州之助が立っていた。

州之助は、向いの大工からもらった板の上に、浄書の美濃紙が皺にならぬようにのせて届けに行く。昨日は、薬種問屋の仕事だと言っていたから、袋に摺る薬の名前を書いていたのだろう。

仕事がまるでなかった間は、深夜まで筆を走らせている香奈江を気遣いながらも、増吉が草稿を届けに来るたびに、茶をいれてくれろの夕飯を早くしてくれろのと、机に向っている香奈江を立ち上がらせたものだったが、代書や玩具絵の仕事がくるようになってからは、そんなこともなくなった。娘に養われている情けなさも、娘に仕事をとられた口惜しさも、代書や玩具絵でまぎれるようになったのだろう。

ことによると、大工からもらった板に下書をのせて届ける工夫は、どんな仕事もおろそかにしない自分を見せつけて、出来上がりが遅れがちになる香奈江に優越感を抱いているのかもしれなかった。

「また種彦か」

と、州之助は、香奈江の手の上にある草稿をのぞき込んだ。

「よく開板されるの」

「いえ、これは、井口東夷というお方の――」

なぜか頬が赤く染まった。香奈江は、思いもよらぬ自分の反応にうろたえた。東夷とはどんな戯作者か、知っているのかと問いつめられるのではないかと思ったが、州之助は、「聞かぬ名だの」と言っただけで格子戸の外へ出て行った。

香奈江は部屋に戻り、東夷の草稿にあらためて目を通した。

初編は日本橋から品川までの話で、先刻、出入口でちらと見た挿絵は、俠客が女主人公の深川芸者を横恋慕する男から助け出したところだった。木綿問屋の若旦那と二世の契りをかわしている芸者は、若旦那が大坂へ修業に出された隙に、借金のかたとして義理の兄にその男へ渡されてしまうのだが、俠客は、二世を契った男であると言って芸者をさらってゆく。

見所は、俠客と彼を慕う町娘との別れを描いた品川だった。俠客は、大坂へ修業に出かけている若旦那に恩があり、芸者との噂を事実と誤解して泣く町娘にも事情を打明けず、芸者の連れとなって旅に出てしまう。

町娘の悲しさも芸者の胸中も、しっとりと露を含んだような文章で書かれていて、開板すれば女達の人気を集めるにちがいないと、香奈江は思った。

翌日、鶴屋からふたたび増吉が使いに来た。東夷の草稿を持って、大急ぎで店へ来てくれというのである。

香奈江は、墨を摺りかけた硯をそのままにして鶴屋へ駆けつけた。喜右衛門が、階段脇の小部屋で待っていた。

「何か――」

「これをご覧なさい」

喜右衛門は、幾枚かの紙を香奈江の膝の前に置いた。来年、天保四年正月に開板される筈の、『田舎源氏』第八編から第十編までの草稿だった。

この浄書は、初編から筆耕をひきうけている。香奈江は、ざっと目を通して喜右衛門を見た。

喜右衛門も香奈江を見た。

「似ていませんか」

「え?」

『田舎源氏』と『草枕』ですよ——と、喜右衛門は吐き棄てるように言った。

「わたしも迂闊でしたよ。種彦先生のこの草稿を、読まずに筆耕へ渡してしまったのです。浄書がすんで返ってきたのを読んで、びっくりしました」

香奈江は黙っていた。喜右衛門の言っていることが、よくわからなかった。

「行事のほかには里香さんしか『草枕』を読んでいないので、お尋ねするのだが、いいですか、『田舎源氏』は山名宗全《やまなそうぜん》に利用されそうになった姫君を助けるのに、光氏《みつうじ》は自分との浮名を流します。『草枕』は、侠客が芸者を助けるのに、やはり浮名を流します。似ていませんか」

「そう仰言《おっしゃ》られれば、似ていますけれども——」

話の運びも違うし、金や銀を使った錦絵を挿絵にしたいような『田舎源氏』と、墨絵が似合いそうな『草枕』では趣きも違う。

「それで行事のお方も、似ていないと判断なさったのだと思いますけれど」

喜右衛門は、かぶりを振った。

「いつも甘いんですよ、行事の判断は。これが、西村永寿堂から開板されるというのなら、話は別ですが」

「どうして鶴屋さんではいけないのです?」

「里香さん――」

喜右衛門は、大仰に溜息をついた。

「考えてみて下さいまし、どんなことになるか。わざと浮名を流して女を助けるという筋書の合巻本が二冊、同じ国貞の挿絵で、同じ来年正月に、同じ鶴屋仙鶴堂の店先に並ぶのですよ」

うんざりしたような口調だった。

種彦の口ききで開板を承知したものの、売れるかどうかわからぬ無名の戯作者の合巻本などは、手がけたくないのだろう。『田舎源氏』で息をふき返したばかりでは、やむをえないことかもしれなかった。

ここで『草枕』の開板が中止になれば、東夷の合巻本が地本問屋の店先に置かれることは当分ない。

だが、四年間も筆耕で生計をたてている香奈江の勘では、『田舎源氏』同様に『草枕』も売れる筈であった。物語が起伏に富んでいる上に大坂へ修業に行く若旦那を小栗《おぐり》判官《はんがん》に、追ってゆく芸者を照手姫《てるてひめ》に見立てた趣向も面白い。挿絵も歌川国貞であり、貸本屋から借りて読んだ者から評判になって、贈答に使う者が出てくるにちがいなかった。

「ところで」

と、喜右衛門が言った。

「浄書は、どこまでおすみです?」

「ほとんど終りました」

咄嗟に香奈江は嘘をついた。

「急いでくれとのことでございましたので」

「弱りましたな」

喜右衛門は、わざとらしく額に手を当てた。

「まことに申し上げにくいのですが、この分の浄書代は、半分ということでご承知願えませんか」

「半分だなんて……」

香奈江は、途方に暮れたような顔をした。

「私、この浄書代をあてにしていたのですもの」

「そう仰言られてもねえ。開板しない草稿の浄書代を全部お支払いするというのも……」

「それでしたら、何とか開板していただけませんか。行事は、これでよいと仰言ったのですもの」

「と言われましてもね」

「私は、このお仕事で暮らしているのです。ほとんど書き上げた下書をいらないと言われては、立つ瀬がございません。何とか彫りにまわしていただけませんか」

ものだった。

「仕方がない」

と、喜右衛門は言った。が、つづいて出てきた言葉は、香奈江の期待とはうらはらな
「ほかならぬ里香さんのことではあるし、三分の二の浄書代を差し上げましょう」

これで東夷が戯作者として浮かび上がる機会は遠のいた。東夷の軀を八分通り占めている野心は、どんな風にうずいて消えてゆくのだろう。

「お待ち下さいまし」

香奈江は、夢中で喜右衛門の裾を摑んだ。

「書き直したら……品川の場を書き直したら、開板していただけますか」

「何ですって？」

「東夷さんに頼んで、少し書き直してもらいます。俠客が町娘に事情を打ち明けるようにすれば、筋書も変わります」

「だが、行事が……」

「これだけいろいろ本が開板されるのですもの、『草枕』の筋書を覚えておいでの方などいらっしゃいませんよ。万一、覚えておいでの方がいらっしゃいましたら、筆耕がとんでもない間違いをしたと仰言って下さいまし」

喜右衛門は、裾を摑んで離さぬ香奈江を怪訝《けげん》そうに見て、それから合点がいったように小さくうなずいた。

「そういえば、種彦先生の草稿をお届けしたのは、東夷さんでしたね」

耳朶まで赤く染めた香奈江から、喜右衛門は笑って目をそらせた。

「三日待ちましょう」

「有難うございます」

香奈江は深々と頭を下げ、喜右衛門が横を向いている間に部屋を出て行こうとした。

喜右衛門の声が追いかけてきた。

「三日ですよ。彫師には他の仕事を頼んでしまいましたし、国貞先生は、あの通りおいそがしいお方だ。東夷さんの仕事が遅れると、困るお人ばかりなのですよ」

「わかりました」

香奈江は、増吉から東夷の居所を聞き出して、鶴屋を飛び出した。

東夷は、田所町に近い新和泉町に住んでいるという。

が、たずね当てた住まいは、錠こそおりていないものの窓の雨戸も閉められていた。

香奈江は、隣りの家へ走った。

顔を出した女は、東夷がめずらしく早起きをして、小田原まで行くと言ったので戸を閉めておいたと言った。

香奈江は、目の前が暗くなった。東夷の行先がたとえ吉原であっても追いかけて行き、草稿を書き直させて鶴屋へ駆け戻るつもりだったが、小田原では、東夷を探しているうちに三日が過ぎてしまうではないか。

「何でも、合巻本の開板が決まったそうでしてね。この次の次に、大磯と小田原を書くのだと、浮き浮きした顔でお出かけになりましたよ」

あの不愛想な人がねえ――と、女は、おかしそうに手を口許に当てた。

香奈江は、上の空で礼を言い、踵を返した。

品川のくだりを半分ほど書き直して、香奈江は筆をとめた。

やはり、やめようと思った。

こんなことをして東夷の喜ぶわけがない。香奈江にしても、自分の下書を無断で州之助に書き直されたなら、不愉快な気分となるにきまっていた。

だが、鶴屋がこじつけとも思える口実で『草枕』の開板を中止したならば、東夷に次作を持ち込まれた板元も、開板できぬ理由を必ず考え出すにちがいなかった。

この機を逃したなら、東夷の戯作は当分開板されない。開板されれば人気を集める筈なのだが、板元達はどこかが東夷で大当りをするまで、多分動かない。

書き直した方がいい。――

とめていた筆に墨を含ませたが、東夷の怒り狂う顔が目の前に浮かんだ。出過ぎた真似をするなと、東夷は香奈江を罵るだろう。筆耕の手を借りてまで開板に漕ぎつけたくはないと、多分香奈江の下書を細かく破り、丸めて地面に叩きつける。

「やはり――」

やめよう。

香奈江は、墨を含ませた筆の穂先を反古紙になすりつけ、硯箱の蓋を閉めた。閉めたものの、手は蓋から離せない。これで『草枕』の草稿は、墨をなすりつけた反古紙と、さして変わらぬものになりさがってしまうのだ。

ためらいながら、香奈江は、硯箱の蓋を取った。

『草枕』がどれほど傑作でも、開板され、読んでもらえなかったら、一文の値打もないではないか。

香奈江は、もう一度筆に墨を含ませた。

「里香さん、里香さん――」

増吉の声だった。田所町の裏通りを、呼びながら走ってくるらしい。

台所にいた香奈江は、前掛で手を拭きながら三畳の部屋へ出て行こうとした。増吉が、格子戸にぶつかりながら出入口へ駆け込んできたらしい物音が聞えた。

「どうしたの、そんなにあわてて」

「大変なんです」

増吉は、息をはずませて言った。

「東夷さんがかんかんに怒って、種彦先生と話をつけてくるって、そう言って飛び出して行っちまったんです」

「何ですって」

「どっかからお帰りになったようで、手甲脚絆《てっこうきゃはん》のまま、おみえになったんですけど、旦那様とお話ししているうちに、急に怒り出して……」

東夷は、香奈江が書き直した草稿を喜右衛門に見せられて、種彦の差金だと勘違いしたらしい。喜右衛門が事情を説明しようとするのにも耳を貸さず、いきなり飛び出して行ったようだった。

香奈江も、増吉の話を最後まで聞かずに走り出した。

柳亭種彦は本名を高屋彦四郎《たかやひこしろう》という二百俵取りの旗本で、住まいは、下谷御徒町の御先手組屋敷にある。近くには、御徒士の屋敷もあった。

和泉橋を渡ったが、稜之助に出会わぬよう廻り道をしている暇はない。香奈江は、袂で顔を隠して和泉橋通りを駆けた。

伊予大洲《おおず》藩加藤家の海鼠塀《なまこべい》が見えてきた。種彦の屋敷は、その先にある。本所南割下水の拝領屋敷から役目の都合で御先手組屋敷内へ越してきたといい、門構えは、片番所つきの長屋門だった。

が、門番など、いたことはない。

いつも開け放しのくぐり戸から中へ入ると、声高な男の声が聞えてきた。東夷のようだった。

玄関に立って案内を乞うたが、返事はなかった。よく庭で草むしりをしているめし炊きの男も、誰かしら玄関番をつとめている弟子達も、今日はいないらしい。

東夷の声は、ますます大きくなった。香奈江は、急いで玄関の横手へまわった。

さほど大きな屋敷ではないので、枝折戸《しおりど》を押して庭へ入れば、客間の前に出る。

長い廂《ひさし》が陽を遮って仄暗い客間では、髪に土埃をかぶったままの東夷が、書き直された草稿をこぶしで叩いて種彦をなじっていた。

「いったい、誰に書き直しをお命じになったんです？　いえ、いったい『草枕』のどこがお気に召さなくって、こんな目茶目茶な話にして下さったんです？」

「そうわめくな。わたしは、鶴喜に東夷の戯作も捨てたものじゃないと言っただけだ」

「それならなぜ、鶴喜がこんな草稿を俺に見せたんです」

「私です」

東夷が香奈江を見た。種彦も、庭へ立っている香奈江へ、いつの間に？　と言いたげな目を向けた。

香奈江は、種彦に目礼をしてから東夷を見つめた。

「私が、――私が、東夷さんの草稿を書き直しました」

「なぜだ」

香奈江は、時折言葉につまりながら事情を説明した。東夷の家をたずねて行ったことも、さんざん迷ったあげくに書き直したことも話したが、東夷は唇を嚙んで黙っていた。

香奈江は、沓脱の前に膝をついた。

「堪忍して下さいまし。書き直さなければ開板してもらえないと聞いて……」

「だったら、お前さんの名前で開板するがいいだろう」

東夷は、俯けていた顔を天井へ向けた。

「あれはもう、俺の書いたものじゃねえ」

「いいえ。私には、とてもあれほどのお話はつくれません」

「それなら、なぜよけいな真似をした」

東夷は、草稿を叩きつけた。が、二つ折りの草稿は、ふわりと沓脱の上へ落ちた。

「俺あ、こんなことをされるのは、顔に漆《うるし》を塗ったくられるよりいやなんだ。筆耕をしているお前さんにゃわかるめえが」

わかります――と、香奈江はかすれた声で言った。東夷は、口許を歪めて横を向いた。

「私も近頃は、他の人に負けまいと思うようになりました」

東夷の返事はなかった。

「夜を徹して浄書をするほどの仕事があっても、他の人に仕事をとられるのはいやなんです。これは話の出来がいいから、是非とも里香さんに頼むと言われたいんです。先日の、男の八分を埋めているもののお話は、私にもわかるような気がいたしました」

男の八分？――と種彦が言ったが、香奈江はかまわずに言葉をつづけた。

「お許し下さいまし。ほんとうに差し出がましいことをしたと思っております。でも、もし『草枕』が開板されなかったらと思うと、私……」

とうとう涙がこぼれてきた。めし炊きに雇えという父親をいつまでも引き取れぬ自分に愛想をつかした東夷の姿や双六《すごろく》の筆耕で気をまぎらわせる父、いとこ夫婦を屋敷の隅から眺めている稜之助の姿などが、次々と目の前に浮かんできたのだった。

沓脱の草稿が、風に吹かれて地面の上へさらに落ち、東夷が何か言ったようだった。低い声だったが、香奈江には「すまない――」と言ったように思えた。

「やれやれ」

種彦の声が聞えた。

「何が何だかよくわからないが、納得がいったようだから、わたしは出かけるよ」

はい――と、東夷が答えたらしい。

「留守番を頼む。なに、そのうちに、和助が帰ってくるさ」

香奈江は、袖で半分を隠した顔を上げた。種彦は縁側へ出て、降りそうなようすもないのに空模様を眺めていた。

後姿

最後に高座へあがるしんかたりの竹本小扇《たけもとこせん》が、『酒屋』を語り終えた。

客席は静まりかえっている。

目を伏せて、しばらくの間身じろぎもしなかった小扇が三味線を置き、こぼれるような笑みを浮かべて両手をつくと、客席がどよめいた。

間髪を入れず、中入《なかい》りにくじを売り歩く女が、「有難うございました」と声を張り上げる。小扇の前に、竹本七之助《しちのすけ》の名で『野崎村』を語ったおえんは、浄瑠璃の世界ではいかたりと呼ばれる前座《ぜんざ》の竹本升喜代《ますきよ》を連れて、楽屋から廊下へ出た。

若い衆が階段脇の窓を開けている。蒸されるような楽屋にいた軀《からだ》へ、窓から吹き込んできた風が突き当たっていった。

芝神明宮《しばしんめいぐう》に近い柴井町の寄席、百園亭《ももぞのてい》の夜席《よるせき》であった。

どんなに詰め込んでも百人が限度、廊下にまであふれていた客は、浄瑠璃に聴き惚れていたせいか、混雑に軀を小さくしていたためか、肩が凝《こ》ったらしく首をまわしたりしながら、さして広くない階段を二列にも三列にもなって降りてゆく。

顔見知りの客を探しては、「有難うございました」と簪《かんざし》の銀鎖を揺らせて挨拶をしていたおえんは、少し笑い過ぎているような気がして口許をひきしめた。

小扇をしんかたりに据えた百園亭の娘浄瑠璃は、一昨日の六月二日からはじまって、明後日の六日に終る。先月なかばにびらをくばった時から評判になり、大入りは予想されていたことだったが、誰もこれほどまでとは思わなかった。昨日などは、煙草盆を膝にかかえてもらっても客が入りきらず、階段に立っている者が出る騒ぎであった。

小扇は、その客を集めたのは自分だと信じていたらしい。が、おえんは、小扇めあてではない客の方がむしろ多い筈だと思っていた。

先々月も、おえんは小扇と一緒に寄席へ出たのだが、小扇見たさにはじめて寄席へ来て、おえんの贔屓《ひいき》になってしまったという武家がいるのである。

『野崎村』を語り終えた時も、おえんが高座からおりると、それまで熱心に拍手をしていた客の数人が立ち上がり、満員の客をかきわけて帰って行った。いずれも勤番者らしく、藩邸の門限に間に合うよう席を立ったのかもしれないが、しんかたりの小扇めあてに来ていたのであれば、遅くなってもくぐり戸を開けてもらえるよう、門番に小遣いを渡してくるくらいのことはするだろう。彼等の目的が、おえんであったことは間違いなかった。

わけありげにあとへ残って、升喜代にまで声をかけていた客も階段を降りて行き、ようやく階下の出入口にも人影がなくなった。おえんは、升喜代の肩を押して楽屋へ入った。

高座から一足早く楽屋へ戻っていた小扇が、ちらとおえんを見た。

「お七さんのを聴いただけで帰っちまったんだもの、いいご贔屓だねえ」と、ひとりごとのように言って、小扇は、義太夫小町と呼ばれる整った顔に薄い笑みを浮かべて廊下へ出て行った。

階段を降りてゆく足音が聞えてきた。百園亭の外にたむろしている男達へ、愛嬌をふりまきに行ったらしい。

「殿のお供は欠かしても、娘のお供は欠かさずに」と流行《はや》り唄《うた》にうたわれている通り、娘浄瑠璃の贔屓は武家が多く、旗本のお歴々までが、喜んで帰り道の供をしてくれる。が、昨日も一昨日も、小扇の駕籠脇についた武家は、案外に少なかった。平然としてはいるが、小扇の内心は穏やかでない筈だった。外へ出て行ったのも、帰ってしまいそうな客に声をかけて、一人でも多く供をしてもらうつもりなのだろう。

おえんは、裃《かみしも》をはずした。

着替えようとしたのだが、気がつくと、いつも楽屋の隅でおえんを待っているおふゆの姿がない。

おえんは、苦笑して見覚えのある風呂敷包みに近づいた。今はおえんの世話をしているが、昨年までのおふゆはおえんの妹弟子だった。亀之助《かめのすけ》の名で高座に上がっていたこともある。その当時の贔屓客で、岸本とかいう旗本の次男坊が、また会いに来ているにちがいなかった。

着替えをすませ、髪を撫でつけていると、階段を駆け上がってくる足音がした。おふゆだった。

勝手に外に出たことを口早に詫びて、おふゆはおえんの耳許へ唇を近づけた、

「この間のお武家様が会いたいと仰言《おつしや》っておいでですけど」

と言う。

「この間の？」

おえんは首をかしげた。何を思い出したのか、おふゆは両手で口を押えて笑い出した。

「ほら、あの鼻の頭に……」

「ああ、新庄藩《しんじようはん》のお方かえ」

おえんも、はしゃいだ声で笑い出した。

先月末、尾張町の角《かど》にある呉服問屋の招きで根岸の料理屋へ出かけたおえんは、そこで新庄藩の藩士二人に会った。

一人は以前にも会ったことのある留守居役だったが、もう一人はこの四月に江戸へ出て来たばかりという男だった。おえんより七つも年上の二十四歳だというのに、十七、八の若者のような吹出物が顔中にあり、そのうちの一つは、男の鼻を赤く腫《は》れ上がらせ

ていたのである。

「今日は、そこに膏薬が貼ってありましたけど」

「石橋又十郎《いしばしまたじゅうろう》様とか言ってなすったっけね。断ってくれりゃいいのに」

「でも」

笑って汗をかいた額を掌でこすって、おふゆは真顔になった。

「淡長《あわちょう》の旦那のお座敷は明日ですよ」

「承知したのかえ？」

「いえ。とにかくお師匠さんの都合を聞いてくると言ってきました」

「ふうん」

おえんは、立ち上がって客席へ出て行った。おふゆがあとについてきた。

座布団と煙草盆の片付けられた客席は、なぜか客が入っていた時よりも狭く見え、たった一つ残された行燈の周辺を、階段脇の窓から入ってきたらしい虫が飛びまわっていた。

おえんは、突き当たりの窓を開けた。

向いは仙台藩の中屋敷で、鬱蒼と茂る木立が濃い闇をつくっている。

窓の下の、俗に日蔭町と呼ばれる裏通りには、まだかなりの男達が立っていた。

百園亭の掛行燈をかこんでいるのは、小扇の贔屓客だろう。小扇の姿は軒下に入っていて見えないが、浄瑠璃を語る時とは別人のような甘ったるい声が聞えてくる。

その人垣から少し離れて、おえんを待っているにちがいない一かたまりがあり、そこからさらに離れて腕組みをしている男がいた。膏薬まではわからないが、着物越しに肩の肉の盛り上がっているのがわかるような軀つきは、石橋又十郎となのった武士のものにちがいなかった。

おえんは、おふゆをふりかえった。

「帰ろ」

「石橋様はどうします？」

「今夜も明日も明後日も、ずっと約束があると言っとくれ」

「けど……」

「会いたいと言う男みんなにいい顔をしていたら、こっちの軀がもたないよ」

おえんは、不機嫌な声で言った。あれほど野暮な男の招きに応じたら、「お七さんにはいいご贔屓がいるねえ」と、小扇に嘲笑《わら》われそうな気がした。

駕籠は、淡路屋長右衛門《あわじやちょうえもん》の待っている上野池之端《うえのいけのはた》の料理屋、垣村《かきむら》に着いたようだった。そっと地面におろされて、お待遠様で——と言う駕籠かきの声が聞えた。いいというのに送ってきてくれた武家達が、七、八人いるらしい。駕籠から降りたおえんは、提燈《ちょうちん》の明りを頼りに、素早く一人一人の顔を眺めた。が、膏薬を鼻に貼っている者は見当らなかった。

　昨日は、石橋又十郎も大勢の武家の中に混じり、神明町の家までおえんを送ってきたのだが、今日は、会いたいというのをまた断られ、つむじを曲げて帰ったのかもしれない。

おえんは、あらためて一人一人を見つめ、片頰に笑靨《えくぼ》が浮かぶ愛嬌のある笑顔をつくって丁重に礼を言った。

武家達は、それだけで満足そうな顔をして帰って行った。

酒手をたっぷりともらった駕籠かきは、小田原提燈でおえんの足許を照らしながら、垣村の出入口までついてきてくれた。

おえんは、小さな声で案内を乞うた。

返事が聞えて、駕籠かきが引き返して行く。が、小紋の裾をひいて出て来た垣村の女将は、おえんを見るなり、淡路屋長右衛門が来られなくなったと大仰な身ぶりで言った。寄り合いが長びいた上に、明日の朝早く川崎へ発たねばならぬ用事ができてしまったのだという。

長右衛門の約束は、時々こういうことがある。

しかも近頃は、その言訳に嘘が混じるようになった。日本橋通油町で紅白粉《べにおしろい》問屋を営む長右衛門は、しばしば宣伝びらをつくるが、その筆耕を頼んだ女性に浮気心が騒いだらしいのである。

相手は武家育ちとかで身持がかたく、長右衛門のけしからぬ気持に気づいてさえいないというものの、彼女のせいで、おえんへの興味が薄れてきているのは確かだった。川崎行きも、以前なら強引に一日延期していただろう。

おえんは、板塀の外をふりかえった。曇り空の暗闇の中で、先刻まで揺れていた小田原提燈はなくなっている。

駕籠を呼んでもらわねばならないと思ったおえんの胸のうちを見透かしたように、女将が微笑した。

「駕籠は、明朝お呼びいたしますけれど」

長右衛門がおえんと一夜を過ごす時に利用する、離座敷《はなれ》に泊ってゆけというのだった。ほっとしたおえんを見て、女将は、おいそがしい人を招《よ》んでおきながらねえ——と肩をすくめた。

草履をぬいでいる間に女中が呼ばれた。

離座敷は、半間ほどの短い渡り廊下の先にある。女中のあとについてゆくと、離座敷の奥にはすでに床が敷かれ、蚊帳《かや》が半分だけ吊られていた。

空腹であればすぐに料理をはこんでくるが、先に汗を流してはどうかと女中が言う。いつものように、湯殿を使わせてくれるようだった。おえんは、女中の出してくれた手拭いと浴衣を受け取った。

ひさしぶりに長右衛門に会える、筆耕をしている女石部金吉《いしべきんきち》より、自分のほうがずっといい女であることを思い知らせてやると意気込んでいたのがはぐらかされて、少し、気持がささくれだっていたようだった。

湯のたっぷりはられた檜の湯槽《ゆぶね》に飛び込むと、疲れと一緒にそのささくれが、溶けて湯の中へ流れ出してゆくのがよくわかった。

おえんは、湯槽のふちに腕をもたせかけて目を閉じた。

ふと、行水すらなかなか使わせてもらえなかった幼い日のことが脳裡をかすめていった。

三歳のおえんを日本橋の上へ置きざりにした実の親も、「酔っていたから、お前を面白半分に拾っちまった」と口癖のように言っていた養い親も、まさかその娘がお歴々を供にして、江戸でも五本の指に入る料理屋へ、駕籠で乗りつけるようになるとは考えもしなかっただろう。

定職を持っていない男に拾われてからのおえんは、雨の日も雪の日も、道に落ちている折釘や針金を拾い集めては古金屋へ持って行き、替えてもらった金を養父に渡して暮らしていた。今は垣村の料理でさえ半分も残すことがあるが、当時は始終空腹に泣いていて、近所の人達のくれるにぎりめしや芋の煮っころがしにかぶりついていたものだ。

養父が急逝したのは、おえんが六歳の時だった。枝豆や茹卵を売り歩きながら、ついでに軀も売っていた養母は、たちまち若い左官の家へ入り込み、邪魔になるおえんを、当時、町内の若い者に浄瑠璃を教えていたおまつにあずけた。それまでの養育費だと言って、一両もの金をとったそうだから、売ったと言う方がよいのかもしれない。

おまつは、片頬に笑靨の浮かぶおえんを、磨けば可愛い娘になると思っていたようだった。その見込み通り、おえんは、おまつにもらわれてから一月《ひとつき》とたたぬうちにふっくらと太って、愛くるしい顔立ちの子供になった。

おまつは、おえんに浄瑠璃を教え、席亭や浄瑠璃の師匠達に自分の養女となったおえんが寄席に出られるよう、しきりに働きかけた。文化年間（一八〇四～一八一八）のはじめ、老母養育という名目で寄席へ出て、大当りをした竹染之助《たけそめのすけ》にあやかりたかったらしい。

娘浄瑠璃は、大名や大身の旗本が座敷に招いて聴いていたものだという。それが、なまじな大名よりはるかに裕福となった商人が座敷へ呼ぶようになり、寺社の境内での定興行にも出演するようになったのだが、人々のあまりな娘浄瑠璃への熱狂ぶりに、幕府は、すべての興行を禁じる触れを出した。染之助は、老いた母を養うためにと願い出て、寄席に出演する許しを得たのである。

禁制は次第にゆるみ、天保と年号が変わって三年目（一八三二）の今は、江戸に二百人近い浄瑠璃語りの女がいるという。おそらく、十年前も同じくらいの数の浄瑠璃語りがいたにちがいない。その中で、当時四十歳をこえていたおまつや七歳のおえんが目立つには、老母養育という親孝行の看板をかかげるのが一番だったのかもしれなかった。

だが、おまつの思惑通りにはゆかなかった。おえんに人気が出なかったのである。

夜更けの河原でのどから血の出るほどの稽古をし、席亭や年嵩の師匠には「年齢《とし》の割にうまいね」と言われるまでになったのだが、客席はいっこうに沸かなかった。近所や楽屋では、可愛いと評判の笑靨を浮かべて高座に上がっても、客の反応はひややかだった。

おまつの稽古は厳しさを増した。七歳の幼女に、流し目を教えたりもした。それが見当はずれの稽古であるなどとは、おまつが他界するまでおえんは考えたこともなかった。

おまつが他界したのは一昨年の秋で、おえんは十五歳だった。

皮肉なことに、おえんの人気はその頃から上がりはじめた。うるさく叱る者がいなくなって、よく言えば万事のびのびと、わるく言えば好き勝手に振舞うことができるようになったのである。

浄瑠璃も三味線も、教えられた通りにと心がけることはなくなったし、百ヶ日の法要がすむのを待って浮気もした。その浮気の相手が淡路屋長右衛門であった。

おまつは、おえんの後楯となる男も自分で選んだ。選ばれたのは油問屋の隠居で、間もなく五十歳になるという男だった。

嬉しい相手ではなかった。美男だったという若い頃の面影も多少残ってはいたが、ふりかえった時にできるのどの皺は、見るたびにぞっとした。

しかも、人気がなかったとはいえ、おえんの面倒をみようと言ってくれた男はほかにもいて、その中には淡路屋長右衛門も五千石の旗本もいたのである。だが、おまつは、長右衛門を気まぐれで女にはいい加減な男だと言い、旗本は威張るだけで貧乏だと、相手にもしなかった。

長右衛門との浮気はたちまち本気になって、温厚な油屋の隠居は、何も言わずに縁を切ってくれた。今のおえんは、〝淡長のお七〟で通っているが、おまつの言うことも満更はずれてはいなかったと思う。

長右衛門は、江戸の娘のほとんどが使っているという化粧水、『月の雫』を考案し、父親の代には人手に渡るのではないかと言われるほどさびれていた店を、客の行列ができるまでにした男であった。その手腕を褒めそやす者がいる一方で、他の店で売り出している化粧水の製法をひそかに聞き出したり、同業の店の近くで『月の雫』を配ったりする強引な行動が嫌われて、同席するのもいやだと顔をしかめる者も少なからずいた。

無論、おえんに胸のうちをのぞかせたことがなく、垣村へ来いという連絡が幾日もつづいてきたかと思うと、一月あまりも音沙汰のないことがある。先約があるからと他の座敷を断り、垣村へ出かけようとしているところへ、今日は行かれぬということづけが届けられたのも一度や二度ではなかった。

三十なかばという男盛りではあり、仕事にも女にもいそがしいのだろうと思っていたのだが、そればかりではないらしい。つい先日のことだった。長右衛門との約束があったおえんは、日の暮れるのを待ちかねて垣村へ出かけようとした。そこへ、都合がわるくなったという長右衛門からのことづけが届いた。

やむをえなかった。その夜は自宅で酒を飲み、布団を頭からかぶって寝たのだが、数日後に垣村へ行って女中の話を聞くと、長右衛門は一人でのんびりと湯につかり、離座敷に泊っていったというのである。近頃ではその上に、長谷川里香とかいう女を呼び出すための用事を思いついて、急に帰って行ったりもするようになった。

とはいえ、おえんに飽いたのでもないらしい。つむじを曲げたおえんが相当にきついことを言っても笑っているし、毎月の金もきちんと届けてくれる。町ですれちがった時にそっぽを向いていても、連日、垣村へ来いという使いが来たこともあった。

淡長の旦那は、お師匠さんが気に入っていなさるから、安心してそんな気まぐれをなさるのですよと、おふゆは言っている。その解釈が当っていようといまいと、長右衛門はおえんにとって必要な男だった。長右衛門の気まぐれに悩まされ、怒ったり泣いたりしているうちに、浄瑠璃にも容姿にも艶が出てきたのは間違いなかった。駕籠から降りた時の笑靨を見たいと、供をしてくる男達の数は、いつの間にか小扇よりも多くなっていた。

おえんは、少し暖まり過ぎた顔に水をかけて、湯槽からあがった。浴衣を着て、湯殿を出る。

その物音に気づいたのか、先刻の女中が離座敷へ料理をはこんで行った。が、おえんは、渡り廊下で足をとめた。吹きぬけてゆく風が心地よかった。

「どうぞ」

いつまでも動かぬおえんを、女中が離座敷から呼んでいる。

おえんは、濡手拭いで汗のひききらぬ胸もとを拭いて、離座敷へ入って行こうとした。

「おや」

背後で男の声がした。

「浄瑠璃の七之助じゃないか」

知らぬふりをしようと思ったのだが、その前に軀が声のした方を向いて、顔は笑靨を浮かべていた。

「ひさしぶりだな」

渡り廊下へ降りてきた男を、石燈籠の明りが照らした。年齢の頃は二十二か三か、越後上布らしい張りのある着物の裾を両手で端折《はしょ》っているのだが、自堕落な感じはない。

「わたしを覚えているかえ？」

男は、いたずらを考えついた子供のような微笑を浮かべて顔を突き出した。

おえんは、曖昧にうなずいた。覚えてはいるのだが、名前を思い出せない。

「忘れたのだろう。薄情者」

「いえ……」

「嘘をつかなくってもいいよ。こっちは寄席で何度も見ているが、そっちがわたしを見たのはたった一度だけだ」

「ご勘弁下さいまし。わたしは、ほんとに物覚えがわるくって」

「浄瑠璃の文句を覚えていられりゃ立派なものさ。――それ、去年の秋にお蔵前の札差が、お旗本二人をこの垣村へお連れしたことがあったじゃないか」

「思い出しました」

おえんは、手を叩いて言った。

そうだった。男は、宮古屋という札差の跡取り息子で、名前は確か楠太郎《くすたろう》といった。親父がふいに熱を出し、今日は代役を仰せつかったのだと首をすくめたのも覚えている。

「気の重い座敷だっただろう」

楠太郎は、いまさらのように苦笑した。

「いいえ――」

と、かぶりを振ったものの、おえんは、それぞれが黙りこくって酒を飲んでいたことを思い出した。若い方の旗本が中田屋という札差の店へ暴れ込み、垣村での酒宴は、その仲直りの席だったのである。

札差に借金のない旗本はいないが、旗本にとってはそれが癪の種となるらしい。楠太郎が連れてきた若い旗本は、商人ごときが富裕になるのは許せぬと公言し、借りた金をまるで返そうとしなかったという。それでは――と、中田屋はその旗本の禄米を差し押え、怒った旗本は、抜刀して中田屋へ暴れ込んだ。

並の商人なら悲鳴を上げて逃げ出しただろうが、武家が商売相手の札差は、日頃から剣術や柔術の稽古を怠らなかった。その時も番頭が算盤を得物にして立ち向い、両隣りからも人が駆けつけて、旗本から刀をもぎとった。それが表沙汰になっては、双方ともによくないというので、宮古屋と年嵩の旗本が間に立ち、仲直りの席が設けられたのだそうだ。

「気になるじゃないか」

楠太郎は、軀が触れあうほどおえんに近づいてきて、声をひそめた。

「誰と一緒に来たのだえ?」

「一人ですよ。野暮な話ですけど」

「嘘をつけ」

楠太郎は、指でおえんの肩を突ついた。

「嘘じゃありませんったら」

「ま、いい」

楠太郎は、さらに声を低くした。

「今度、わたしとも会ってくれるかえ」

「ご冗談ばっかり。そうやって嬉しがらせておいて、あとで泣かせるんでしょう?」

「本気だよ」

ちらと、楠太郎は離座敷の入口を見た。おえんがいつまでも戻らぬので、女中がようすを見にきたのかもしれなかった。

「また後日。ふらないでおくれよ」

楠太郎は鷹揚な微笑を浮かべ、おえんに背を向けて、まだ三味線の聞えている座敷へ戻って行った。


高座からは、小扇の『新口村《にのくちむら》』が聞えてくる。

「うまくなったねえ」

と、百園亭の主人、万兵衛《まんべえ》が言った。

「人気が上がる時もうまくなるが、下がる時も奇妙にうまくなる」

おえんは、黙って笑っていた。

万兵衛は、煙管《キセル》に詰めた煙草の煙を思うさま吸い込んで、火も消えたのではないかと思うような吸殻を、吐月峰《はいふき》へ叩き込んだ。

升喜代にやにくさいと言われてから、万兵衛は、吸い過ぎぬよう注意をしているらしい。しばらく空の煙管を吸っていたが、やはり口淋しくなったのだろう。いったんは腰に下げた煙草入れを取って、また煙草を詰めている。

「これは、まだ内緒なのだが」

そう言いながら声をひそめるでもなく、万兵衛は煙草に火をつけた。

「お前さんを、しんかたりにしようという話があるんだよ」

「ほんとうですか」

かっと熱くなった頭の隅で、やっと来た――とおえんは思った。

この言葉をどれほど待っていたことか。ざまあみろ――と、誰とはなしに言いたくなった唇を、おえんはそっと噛んだ。

万兵衛は、目を細くしておえんを見つめ、煙管をくわえた唇の隙間から、わずかな煙を吐き出した。

「が、お前さん、もうちょっと三味線がうまいといいんだがねえ」

熱くなっていた頭がたちまち冷えた。ずいぶん稽古をしているのだが、三味線は小扇に一歩及ばない。

万兵衛は吐月峰を叩いて、また煙草を詰めた。

「お前さんは師匠がいなくなっちまったが、小扇の師匠は扇女《せんにょ》だぜ。扇女と言やあ、娘浄瑠璃――いや、女浄瑠璃の大元締だ」

煙草に火をつける前に、万兵衛は、煙草入れを腰に下げた。

「小扇の三味線だってそれほどうまくはないのだが、そこはそれ、師匠と弟子の間柄さ。小扇がしんかたりになった時の扇女は、何も言わなかった。席亭は皆、お前さんをしんかたりにしたいのだが、そんなことをすりゃ、あんなに下手な三味線で――と、扇女がむくれるわな」

万兵衛の手は、また煙草入れを探して腰のあたりをさぐっていたが、おえんはもう万兵衛を見ていなかった。

万兵衛は、扇女の機嫌をとっておけと遠まわしに言っているのだった。

あまり好きではない女だったが、しんかたりとなるには、機嫌をとるのもやむをえまい。

機嫌をとるには、金がいる。

おえんは、血のにじむほど強く唇を噛んだ。

金は、長右衛門に出してもらうほかはない。が、しんかたりとなった時にも、かなりの金が必要となる。おえんは、その金を長右衛門に出してもらうつもりだった。

小扇の声と三味線が、余韻を残して消えていった。一瞬寄席が静まりかえり、やがて歓声まじりの拍手が沸き起こって、「有難うございました」の声が聞えてきた。

升喜代が、おえんを目で促して立ち上がった。

おえんは、うなずいて廊下へ出た。気持がうわずっているのか、軀の芯に力が入らないような気がした。贔屓に挨拶する声も、一人だけ妙に甲高いのではないかと思った。

最後に階段を降りてゆく客へ精いっぱい愛嬌をふりまいて、おえんは、楽屋へもどろうとした。

「お師匠さん――」

階段の下で声がした。おふゆだった。

おえんが高座に上がっている間の逢引が、また長びいたのだろう。息を切らせて階段を上がってくる。

「この間のお武家様が、またおみえになっています」

「あの新庄藩のお方かえ？」

「ええ。お師匠さんの都合を聞いてきてくれと頼まれました」

「そんなこと、いちいち聞きに来ずと断っちまえばいいのに」

「でも、今夜は門番にたっぷり小遣いを渡してきたから、少しくらい遅くなっても大丈夫だと仰言って……」

「ばか」

思わず声が高くなった。

「わたしゃ、貧乏藩士なんざ相手にしている暇はないんだよ」

おふゆが、呆気にとられたような顔でおえんを見た。

言い過ぎたとは思ったが、いまさら取り消しようもない。おえんは、不機嫌な顔でおふゆに背を向けた。


梅ノ湯から帰ってくると、家の前に人が立っていた。

こちらを向いているらしいのだが、月の光を背中から浴びているので、顔はよくわからない。長右衛門にしてはほっそりとした軀つきで、石橋又十郎にしては、着流しの姿が粋だった。

おえんは、おふゆと顔を見合わせた。無頼の者ではなさそうだが、まるで相手にしなかった男が、おえんの薄情を恨んで待伏せをしていると考えられなくもない。夏の夜の四つ過ぎで、どこの家の窓も少しずつ開けている。大声を出せば何人もの人が駆けつけてくれるだろうが、近づいてゆくのは怖かった。

立ちすくんでいると、影の方が近づいてきた。

「何をしているんだよ。ここがお前のお屋敷だろうが」

楠太郎の声だった。おえんは、ほっとして影に駆け寄った。

「どうなすったんですよ、今頃」

「七之助とかいう娘浄瑠璃にいれあげて、勘当されたのさ」

「まあ、お気の毒に」

向いあった楠太郎の息が熟柿くさかった。かなり酒を飲んでいるらしい。おふゆの目もかまわずに楠太郎はおえんを抱き、意味もなく笑った。

「気の毒な宿無しだぜ。泊めてくれるかえ」

「ご冗談ばっかり。駕籠を呼んで差し上げます」

「いらねえや、そんなもの。ついそこの料理屋でも呼ぶと言ったのだが、いらねえと断って歩いて来たんだ」

神明宮門前には、しゃれた料理屋が並んでいる。その一つへ招かれていたのかもしれなかった。そこで神明町におえんが住んでいることを思い出し、酔った勢いで歩いてきたのだろう。

「せっかくたずねて来たのに、顔を出した小女が、お師匠さんは留守だと言やあがる。明日の朝まででも待っていてやると思ったのだが、何だい、湯屋へ行っていたんじゃないか」

くたびれた――と、楠太郎は白絣《しろがすり》に博多の帯という姿で地面に腰をおろし、足を投げ出した。

放っておけば、寝転んでしまうだろう。あわてて抱き上げようとすると、多分その手を引いて、おえんを胸に抱き寄せる。

それを道端でやられては恥ずかしいと思ったが、おえんは、楠太郎へ手を差し出した。

案の定、楠太郎は、おえんの手を強く引いて抱き寄せた。楠太郎から酒がにおい、顔をそむけようとすると湯上りの自分の肌がにおった。

楠太郎が、髭ののびかけてきた頰をおえんに押しつけてきた。

「浮気をしないか」

同じことを長右衛門も言った。

「本気でもいいんだよ」

「からかうのもいい加減にして下さいまし」

「からかっちゃいないさ。去年、垣村で会った時に一目惚れをした」

「嘘でも嬉しゅうございます」

「だったら、淡長に見つからぬよう、用心して浮気をおし」

「いや」

おえんは、楠太郎の腕の中でかぶりを振った。

「本気ならいい――」

楠太郎の軀は、長右衛門よりはるかにしなやかだった。路上に寝転んでしまいかねない野放図さも嫌いではない。ほんとうに夢中になってしまいそうだと思う心の隅を、しんかたりとなるまでに必要な金の額がちらとかすめていった。


夜具から滑り出て着物をまとい、乱れた髪を撫でつけているうちに、ふと『酒屋』の一節が口をついて出た。一昨日、高座で語った時も気に入らず、今夜、納得のゆくまで復習《さら》ってみようと思っていたところだった。

今は、もたつかずに語れたような気がしたが、声を張り上げた時にどうなるかわからない。

急に三味線が持ちたくなって、おえんは楠太郎をふりかえった。上野不忍池《しのばずのいけ》の中島、お定まりの出合茶屋であった。

楠太郎は腹這いのまま、吸いもせぬのに煙草盆の引出《ひきだし》を開けて、煙草をいたずらしていたが、すぐおえんの視線に気づいたらしい。寝返りをうって、おえんを見た。

「昨日――」

そこで言葉を切って、意味ありげに笑う。

「淡長に会っただろう」

「いいえ」

と答えたが、さすがに頬がひきつれた。楠太郎の言う通り、昨夜は垣村で長右衛門に会い、扇女の機嫌をとるために使う、三十両の金をもらってきた。

「嘘をついてもだめだぜ」

「会っていませんったら」

「こう見えても、わたしはやきもち焼きなんだ」

楠太郎は、どこまで本気かわからぬ口調で言って、おえんの袖へ手を伸ばした。櫛をさしていたおえんの腕は、袖を摑まれてむきだしになった。

「扇女って婆さんに、七之助を可愛がってくれと言ってやろうか」

簪を持った手が、途中で止まった。おえんは、軀ごと楠太郎の方を向いた。

「大師匠をご存じなんですか」

「婆さんの方は知らないが、昔、婆さんといい仲だった旗本は知っている。いまだにその婆さんから義太夫を習っているそうだぜ」

「お願い――」

　おえんは、楠太郎に手を合わせた。

「大師匠に、よろしく言っておくんなさいな」

「わかったよ」

　楠太郎は軀を一回転させて、おえんとは反対側から夜具を降りた。

「四、五日のうちに、旗本の屋敷へ行ってみるよ」

「四、五日のうち？」

　明日にでも行ってくれるものと思っていたので、おえんの声が高くなった。

　楠太郎は、衣桁にかけてあった着物を羽織りながら笑った。

「商売に精を出さなけりゃ、こうやってお前に会うこともできないじゃないか。商売の合間にゃ剣術の稽古にも行かなけりゃならないし、寄り合いもあるんだよ」

「すみません」

　詫びはしたものの、物足りなかった。

　しんかたりへの昇進は、おえんにとって一生の大問題であった。商売が大切なことはわかっているが、この大問題ばかりは別だからと、何よりも優先させてもらいたかった。

　駕籠は、芝へ入ったようだった。

垂れの隙間から外を覗いてみると、宇田川町の見慣れた光景が、ゆっくりとうしろへ動いている。扇女の家へ挨拶に行った帰りだった。

例の旗本が、早速に口をきいてくれたのだろう。扇女は上機嫌で、差し出した金も、気持よく受け取ってくれた。しんかたり昇進の話が出た時に、文句はつけぬと約束してくれたようなものだった。

駕籠が地面に下ろされた。神明町の家に着いたらしい。

お待遠様で――と、駕籠かきが家の中まで聞えるような大声を張り上げたが、迎えの出てくる気配がない。駕籠かきに酒手を渡して、おえんは格子戸に駆け寄った。

「おふゆ」

声が裏口へ通り抜けていったような気がした。小女の名を呼んでも同じことだった。

おえんは、座敷に上がった。

四畳半の茶の間は昨日出かけた時と変わらずに片付いていたが、その隣りの三畳は戸棚が開けられて、空《から》の行李《こうり》がのぞいていた。小女のおたけのものだった。

おえんは、二階へ駆け上がった。空巣だと思ったのだが、二階は荒らされたようすがない。衣桁にかけていった普段着の皺も、そのままだった。

人声が聞えた。裏の路地からのようだった。

物干場へ出て行こうとすると、桶につまずきそうになった。中には、すすぎも終え、水をしぼって干すばかりになっている洗濯物が入っている。物干竿も片側が下におりていて、おえんの行手をふさいでいた。

おえんは舌打ちをして竿を上げ、物干場のてすりから身をのりだした。

おふゆは路地にいた。

例の次男坊と立話をしている。

呼ぼうか呼ぶまいかと迷っているうちに、おふゆの方で視線を感じたらしい。物干場を見上げ、頭をかかえて裏口に駆け込んだ。が、旗本の次男坊は、わるびれたようすもなく物干場のおえんへ丁寧に頭を下げ、路地を出て行った。

おえんは、階段を駆け降りた。

おふゆは、路地へ七輪を持ち出して火をおこしていた。湯を沸かして、茶をいれるつもりなのだろう。

「すみません。おたけさんがいなくなっちまって、一人でてんてこまいしていたものですから」

おえんの足音が聞えたのか、おふゆは、うしろ向きのままで言った。

「男に会うのも、てんてこまいのうちかえ」

からかったが、おふゆは知らぬ顔で七輪をうちわであおいでいる。

「ま、それもいいさ。おたけは、どうしていなくなっちまったんだよ」

「雑司《ぞうし》ヶ谷《がや》の姉さんが亡くなりなすったんですって」

おふゆが、おえんをふりかえった。

「さっき、ご近所の何とかさんって人が、おたけさんを迎えに来なすったんです」

「そりゃ大変だったろう」

「ええ。姉さんの連れあいも三年前に死んでいるから、甥と姪の面倒をみなけりゃならないって、おたけさん、荷物をまとめるのもそこそこに、飛んで帰りました。いずれ、戻ってくるとは言ってましたけど」

戻って来ても、幼い甥と姪をかかえて女中はつとまるまい。

「あの……」

おふゆが、たすきをとって立ち上がった。路地の七輪には火がおこり、鉄瓶がかかっている。

「お願いしようと思っていたら、おたけさんがこんなことになっちまって、お願いしにくくなっちまったんですけど」

「何だえ」

この家を出て行くと言い出すのではないかと思ったが、まさか――と思う気持の方が強かった。

おふゆと旗本の次男坊の仲は、足かけ三年目になっている。が、いくら三年目でも、冷飯食いの次男坊がおふゆを妻に迎えられるわけがなかった。武家の次男や三男は、養子にゆくか、その技量を認められて取り立ててもらえぬかぎり、妻をめとることはできないのである。

おふゆは、ちょっと口ごもりながら、ありえない筈のことを言った。

「所帯をもつと言ったって、お前……」

「大丈夫なんです。あの人が、駿河屋さんの養子になりました」

「駿河屋さんって、酒屋の駿河屋さんかえ」

おふゆは、おえんの顔色を窺いながらうなずいた。

駿河屋はおえんの贔屓で、座敷へ呼んでくれたことこそないが、おえんが寄席へ出るたびに角樽《つのだる》を届けてくれる。

おえんは、名入りの扇子を配った時を思い出した。駿河屋へは、確か、おえんの代理でおふゆが行った。それをきっかけに、おふゆは駿河屋と親しくなったのかもしれなかった。

「すみません、ずっと黙っていて」

おえんは横を向いた。

「今年の春でした。あの人のことで駿河屋さんへ相談に行ったら、うちは子供がいないからと、とんとん話がまとまって……」

「へええ」

「すみません、お師匠さん」

おふゆは、板の間に両手をついた。

「なるべく早くお暇を下さい。わたし、お腹の中に子供がいるんです」

「そうかい――」

おえんは、おふゆに背を向けた。

「いい気持で帰ってきたら、――みんな、いなくなっちまうんだね」

「お願い、お師匠さん」

「洗濯物が桶の中で乾いちまうよ」

おえんは、茶の間に入って障子を閉めた。


柴井町の百園亭から、九月に頼むという話があった。万兵衛が見せてくれた書付けには、しんかたりにおえん、はばかたりに小扇の妹弟子の名が記されていた。おえんは、礼を言って、書付けを万兵衛に返した。

「嬉しくないのか」

万兵衛は、吸殻を吐月峰へ叩き込みながら言った。嬌声をあげるでもなく、飛び上がるでもなかったおえんが、意外だったのだろう。

「あんまり嬉しくって、ぼうっとしているんですよ」

そう答えたが、おえん自身も驚くほど、胸のうちは静かだった。

あんなに待っていたのに――と思う。

先日、長右衛門から、七之助の名で扇女へ着物を届けておいたと言ってきた。楠太郎も、旗本からのまた聞きだがと断って、これからは小扇より七之助だと扇女が言ったことを教えてくれた。喜んではみせたものの、あまり気持ははずんでいなかった。

おえんは、百園亭から歩いて帰った。衿首に触れる風はもう、秋のものだった。

格子戸を開けると、五十がらみの女が顔を出した。留守番を頼んだ隣りの隠居であった。

隠居が帰ってしまえば誰もいない。そんな暮らしが五日ほどつづいていた。おたけのあとに雇った女は手癖がわるく、そのあとに雇った女は怠け者だった。

弟子入りを望んで来る娘もいるのだが、皆、当代随一の人気者に弟子入りすれば、すぐに高座へ上がれると思っていたらしい。おえんの力ではなかなか上がれぬとわかると、一人は三日目に、もう一人は十五日目にいなくなった。

おえんは、茶を飲もうとして長火鉢の前に坐った。

が、物干場に洗濯物を干していったことを思い出した。

まもなく陽《ひ》はかげる。それに、炭がなくなりそうだし、夕飯の支度をする前に湯屋へも行きたかった。今日も、ゆっくり茶を飲む暇もなく日が暮れて、浄瑠璃の稽古は明日の早朝になりそうだった。

おえんは、妙に疲れている足をひきずって階段をのぼった。

先日、夫と一緒に挨拶にきたおふゆは、目立ってきた腹を突き出すようにして歩いていた。町人髷のよく似合うもと旗本の次男坊は、始終おふゆの軀を気遣い、沓脱へ降りる時には、転ばぬようにとおふゆの手をとってやるありさまだった。

「あの屑がねえ」

洗濯物をかかえて、おえんは、ぽつりと呟いた。

しっかりした後楯の欲しい娘浄瑠璃達は、よほど高禄の武家でなければ相手にしない。月に一度か二度、入場料の安い寄席へ来て、帰りの供をしてくれるだけの武家では、物入りの時に力となってもらえないのである。

まして、生涯を兄夫婦の厄介者として終えなければならぬ武家の次男、三男は、贔屓客であっても屑にひとしかった。

おふゆは、その屑に恋いつづけた。

が、それは、いっこうに浄瑠璃のうまくならぬおふゆだからこそできたことであった。浄瑠璃の稽古より、芋の煮ころがしをつくったり、洗濯をしたりする方が好きなおふゆだからこそ、屑でもよかったのだった。

「わたしは――」

だめだと思った。

真冬の早朝に物干場へ坐っての稽古は、さほど辛いと思わなかったが、霜を踏んでの洗濯は骨身にこたえた。食事の支度に時間をとられるのがいやで、空腹のまま、三味線を弾いていたこともある。

おえんは、楠太郎からの連絡を待ち焦がれていたくせに、茶屋で抱かれたあと、ふいに稽古がしたくなったことを思い出した。好きでならなかった筈の長右衛門に後楯となってもらいながら楠太郎に心を動かし、楠太郎とのあれこれを恋しく思い出していた日に長右衛門の腕の中へ飛び込んでゆけるのも、ほんとうに好きなのが浄瑠璃だからではあるまいか。

浄瑠璃に必要な艶を二人から吸い取り、その上に金を吸い取ろうとする。長右衛門が里香を口説《くど》きたくなるのも、楠太郎がすぐに旗本の屋敷へ行ってくれなかったのも、当り前かもしれなかった。

それでも、長右衛門が里香を誘って断られたと聞けばほっとするし、楠太郎に会いたくてならぬ時もある。ただ、おふゆのように、恋しい男一筋にはどうしてもなれないのだ。

金を吸い取ったところで、手許に残りはしない。艶のある浄瑠璃を語ったあとは、あじけない独り暮らしだ。

が、旗本の次男坊は、おふゆのために刀を捨てた。みごもった軀で転ばぬようにと、沓脱へおりるおふゆに手を貸してもやる。次男坊は、どこへ出かけてもおふゆのもとへ帰って行くが、長右衛門も楠太郎も、おえんに会ったあとはそれぞれの家に帰って行く。

しんかたりが何さ。——

いつの間にか流れていた涙を、おえんは、とりこんだばかりの洗濯物で拭った。泣いている暇は、どこにもなかった。

油も炭もきれているし、八百屋へも湯屋へも行かねばならない。夕飯をすませて、できれば『酒屋』をさらいたいのだ。

　おえんは、財布をふところへ入れて表へ出た。

　まず油差いっぱいの灯油を買い、出入口の板の間へ置いて炭屋へ行く。

七之助殿——と声をかけられたのは、その帰り道のことだった。ふりかえると、吹出物だらけの顔が、これ以上くずれまいと思うほど笑っていた。

「一度送ってきたことがあるのに、おぬしの家はどこか忘れてしまって、探していたところだ。いや、これは奇遇だなあ」

　又十郎は、通りすがりの人が苦笑するほどの大声で言い、おえんの視線に一人で照れて衿首をかいた。

「その、一度会いたいと思うておったのだが、おぬしもいそがしそうだから、わしの方から出向いてきたのだ」

　野暮、とんま、朴念仁《ぼくねんじん》のすっとこどっこい——。

　思いつくかぎりの罵詈《ばり》雑言を、おえんは胸のうちで又十郎に浴びせた。会いたくないから、いそがしいと言ってるんじゃないか。

が、又十郎は、おえんに向って深々と頭を下げた。

「有難う。この通り、礼を言う」

礼を言われるわけがわからず、おえんは黙って又十郎を見つめた。又十郎は、それで気がすんだのか、せいせいとした顔を上げた。

「江戸へ出て来てよかったよ」

「なぜお礼を言われるのか、わかりませんが」

「いい浄瑠璃を聴かせてもらった」

おえんは口を閉じた。又十郎は、おえんに声が届かなかったと勘違いしたらしく、同じ言葉を大声で繰返した。

思いがけない言葉が、おえんの口をついて出た。

「ちょっとお寄りになりませんか」

又十郎の顔が赤銅色《しゃくどういろ》になった。おえんに家へ寄れと言われただけで赤面したのだった。

「どうぞ。ご遠慮なさらずに」

「いや、わしは礼を言いに来ただけで……」

「わたしの浄瑠璃に感心して下すったお方を、このままお帰ししたくはありませんもの」

おえんは、格子戸を開けて又十郎が近づくのを待った。又十郎の顔は、さらに濃い赤銅色となった。

「どうぞ、お上がり下さいまし」

「わしは、ここでいい。いや、ここの方がいい」

又十郎は上がり口に腰をおろし、梃子《てこ》でも動かぬというように、にぎりこぶしを膝の上に置いた。おえんも強いてはすすめずに、炭の袋を持って台所へ行った。

おえんの顔が見えなくなって、かえってほっとしたらしい又十郎の声が聞えてきた。

「おぬし、捨子だそうだな」

茶をいれながら、おえんは苦笑した。おえんが話題となる時は、必ずそのことが話に出るらしい。

「根岸でおぬしに会った時、いとこの留守居役から聞いた」

「お恥ずかしゅうございます」

「何の、恥ずかしいことがあるものか。その話を聞いていなければ、わしは抜刀して暴れているところだった」

「まあ。何か粗相でもありましたでしょうか」

おえんは、羊羹《ようかん》の菓子鉢と湯呑みを盆にのせ、又十郎の待っている上がり口へ出て行った。又十郎は、眩しそうに目をしばたたいた。

「おぬしに粗相などあるわけがない。料理屋で次々に出される料理を見て、国許には稗《ひえ》すらろくに食えぬ藩士がいるというに、江戸では何という派手な遊びをしているのだと腹が立ってきたのだ」

おえんは、黙って又十郎の前に湯呑みを置いた。今までなら、だから勤番者は嫌いだと言いたくなるところだった。

「が、聞けば、捨子だった娘浄瑠璃は江戸随一の人気者で、やっと座敷に呼べたのだという。目を見張る思いだった。捨子が江戸随一の人気者に出世するとは、おぬしも偉いが、それを許す町人も偉い」

「運がよかったのでございます」

「いや、そうではない」

又十郎は、湯呑みをとって茶をすすった。

「わしは七百石の家に生まれたが、五番目の悴でね。三十俵の家へ養子に出された」

三十俵では根岸の料理を見て、感心するより腹が立ったのもわかるような気がした。

「三十俵の家は、どこまでいっても三十俵だ。わしの子も三十俵なら、孫も三十俵。今でさえ食えぬのに、これから先、物の値が上がったらどうせよというのか。誰も答えを出してくれず、わしらは、世の中の捨子も同然だと思っていた」

「捨子だなんて……」

「江戸へ来てわかったよ。わしらだけが捨子ではない。七十俵の御家人も、二百俵の旗本もみな同じだ。子々孫々、貧乏暮らしをつづけねばならぬ。武士がおぬしにむらがるのは、寄席の木戸銭が安いからではない。おぬしのように、自分の力を頼りに出世してゆきたいからだ」

「ご勘弁下さいまし。わたしには、むずかしいお話はわかりません」

「わからいでもいいさ。おぬしは、早くしんかたりになればいい」

又十郎は、残りの茶をすすった。

言葉がとぎれた出入口に、女の声が聞えてきた。向いの女髪結いが、貸本屋を呼びとめているらしい。今、評判となっている柳亭種彦の合巻本が、なかなか借りられぬようだった。

「あの――」

おえんは、ちょっとためらってから言った。

「九月に百園亭で、しんかたりをつとめます」

「そりゃあいい」

吹出物だらけの顔に笑みがひろがって、ただでさえ細い目がますます細くなった。

「わしが出世をするような気分だ」

よかった――。そう思った。

捨子であったことも、浄瑠璃の師匠にもらわれたことも、贔屓客の女房にならなかったことも、今のおえんにとってはみな幸せであった。

九月を楽しみにしていると言って、又十郎は立ち上がった。かたくるしい挨拶をして、おえんが三和土《たたき》へ降りるのも待たずに格子戸を開ける。

おえんも、又十郎を追って外へ出た。

又十郎は、夕焼けに染まった裏通りを足早に歩いていたが、おえんの気配を感じたのか、足をとめてふりかえった。

おえんは、深々と頭を下げた。長右衛門とも楠太郎とも、浄瑠璃の方へ顔を向けたまま話をしていたのに、又十郎とは、向いあって話していたように思えた。

が、多分、又十郎との間柄は、これ以上すすまない。向いあって話をしたい長右衛門と楠太郎にも、これまで通り背を向けたまま話をしているだろう。恋しくてたまらなくなって二人をふりかえったとしても、おえんが目にするのは、二人の後姿かもしれない。

「それでもいい——」

おえんの姿を見つけて、向いの子供が駆け寄ってきた。差し出した手を見ると、白い紙きれを握っている。

おえんは子供に駄賃を渡してやり、三折りになっている紙きれを開いた。楠太郎からのことづけだった。神明前の料理屋へ来ているので、帰りに寄るという。

掃除をしていなかったことを悔みながら、おえんは、楠太郎が来るまで『酒屋』をさらっていようと思った。

恋知らず

目が覚めた。

一瞬、どこにいるのかわからなかったが、すぐに正常な感覚が戻ってきた。お紺《こん》はいつもと同じように、一人寝にしては広過ぎる十畳の居間の、真中に敷かれた床《とこ》の中にいた。

苦笑して、お紺は寝返りをうった。

夢の中では顔のはっきりせぬ男に抱かれていて、その感触が残っているような気がする。男嫌いの噂をたてられているお紺の、自分でも目をそらせている胸の底を見せつけられたような気がした。

お紺は、枕をはずして俯《うつぶ》せになった。

そろそろ夜が明けるらしい。縁側を隔てた雨戸の隙間から射し込む薄明りが、貼り替えたばかりの障子を、白く浮かび上がらせている。

少々躯《からだ》がだるかったが、起きようと思った。数日前から悩まされている簪《かんざし》の意匠を、早く考えねばならなかった。

お紺は半身を起こして、衣桁の着物へ手を伸ばした。

小間物問屋の老舗《しにせ》である三々屋《さざや》へは、気心の知れた錺職《かざりしょく》が、さりげなく意匠を凝らした簪をおさめにくる。三々屋の簪といえば、粋で贅沢なものときまっていたし、自分好みのものを注文する客の間でも、想像以上のものに仕上がってくると評判であった。

だが、お紺は、三々屋の簪を買ってゆく客が、裕福な人達にかぎられているのが以前から不満だった。贅沢品しか扱わぬことで三々屋の名をひろめたのは曾祖父の代からで、それを間違いだとは言わぬが、お紺には、とりすました商法のように思えるのである。

そんなことで名をあげるより、お紺は、江戸中の女の髪を三々屋の簪で飾りたかった。

お紺が鴛鴦《おしどり》の簪を考え出したのは、五年前、父と兄があいついで逝った年のことだった。つがいの鴛鴦を線であらわして銀の量を減らし、手頃な値段をつけたのが大当りに当って、お紺自身が驚くほどの売れゆきを見せた。

以来、三々屋では、お紺が意匠を考えた値の張らぬものを、『お紺簪』と名づけて売っている。昨年の春に売り出した菜の花も、大分以前に流行《はや》ったびらびら簪のような銀鎖をつけたのが好評で、横丁を曲がればお紺簪の娘がいるとまで言われるようになった。三々屋の簪で、江戸中とまではゆかずとも、かなりの女の髪を飾れるようになったのである。

ところが、この秋、中村座の狂言にちなんで売り出した簪は、まるで売れなかった。九月の中村座は、大切《おおぎり》に『廓文章《くるわぶんしょう》』が出た。夕霧《ゆうぎり》と伊左衛門《いざえもん》を三津五郎《みつごろう》と芝翫《しかん》が一日替わりで演じ、それが評判となって大入りにつぐ大入りであった。

お紺は、『廓文章』が出ると聞いてから、もう一度びらびら簪を売り出すことに決めていた。菜の花がまだ売れているのは、昔の流行も捨てたものではないと再認識されたからにちがいないし、事実、若い娘の額で揺れている銀鎖は美しかった。

そこで、銀鎖を細く、長くして夕霧に見立て、その上に結び文をあしらった。三々屋がまたきれいな簪を売り出したと、娘達が争って買いに来るものとお紺は思っていた。しかも、狂言の中で役者にひろめのせりふを言ってもらったし、戯作者《げさく》に頼んで引札《ひきふだ》も書いてもらった。店を開けたとたんに、客が押し寄せても不思議はないところだった。

それなのに、売れない。

ひろめのせりふを聞いたらしい娘浄瑠璃の七之助が、贔屓客を連れて買いに来たことがあったが、七之助は、「こんなの、いやだ」と遠慮のないことを言って帰って行った。

お紺は、帯を結んだ手で、こめかみのあたりを押えた。

夕霧の簪が売れぬために、その前の鴛鴦や菜の花も売れゆきが鈍っている。来年の春早々にも、新しい簪を売り出したいのだが、お紺は昨日も番頭から、かたい商売をするもとの三々屋に戻った方がいいと意見をされた。安物は、売れても短い間だけだというのである。

だが、お紺は、江戸中の女の髪を三々屋の簪で飾る夢を捨てたくなかった。新しい簪が売れれば、夕霧の簪もそれにつれて売れ出すこともある。

新しい簪で評判をとるには価格をおさえ、見栄えのする意匠を考えねばならないが、これはというような案が浮かんでこない。

お紺は、こめかみを押えたまま廊下へ出た。


つめたい風が通り過ぎていった。

お紺は、ふと足をとめた。

気晴らしに尾張町の呉服屋へ出かけ、簪を散らした小紋を染めてくれと頼んできた帰り道であった。

暑い、暑いと言っているうちに秋が来て、秋も、いつの間にか深くなっていて……。

昨夜は火鉢を引き寄せても、簪の意匠を考えている膝が冷えたまま、どうしても暖まらなかった。寒くなった——と思っているうちに炬燵を出さねばならぬ陽気となり、雪が降り出すようになるだろう。

「雪——」

頭の中を稲妻が走った。

雪をかぶった松を簪にしたらどうだろう。銀の松葉に銀の雪は、少し地味だがわるくはない。それに十六、七の娘は、年齢《とし》相応の可愛らしい身なりより、年増のような小粋さを好む。

やってみよう。

矢も楯もたまらずに、お紺は走り出した。供に連れていた女中が、驚いて呼びとめたが、聞えぬふりをした。

三々屋は、通町一丁目の角にある。裏口へまわるのももどかしく、お紺は、店の中へ駆け込もうとした。

「あぶない――」

店から背の高い男が出てきたのは見えていた。が、立ち止まれなかった。お紺は男に突き当り、跳ね飛ばされそうになったのを、その男の手で抱きとめられた。

厚い胸だった。お紺は、耳朶まで赤く染めてあとじさり、男の顔も見ずに詫びを言った。

「いえ、わたしもぼんやりしていましたから」

聞き覚えのある声だった。おそるおそる顔を上げると、微笑を含んだ切長な目が待っていた。

「ひさしぶり――」

「あら」

お紺は、幼馴染みにうろたえた姿を見せたことが恥ずかしくなって、また顔を赤くした。男は醤油問屋の三男で、六年前に桶町の蠟燭問屋へ婿入りした秀三郎《ひでさぶろう》であった。

「驚いた。お紺ちゃんでも顔を赤くすることがあるんだね」

「ひどい言われようだこと」

お紺は、頬に手を当てて秀三郎を睨んだ。

「口のわるいのは、あいかわらずね。秀《ひで》さんに会うのは、二年ぶりかしら」

「忘れたのかえ？　去年の暮に、そこの角《かど》でばったり出会ったじゃないか。商売にばかり夢中で、わたしに会ったことも覚えていないんだろう」

お紺は、少々甲高い声で笑った。

「ここで立話も何だから、上がってお茶でも飲んでおゆきなさいな」

「そうもしていられないんだよ」

秀三郎は、急に忙しげな素振りを見せて、絶え間のない人通りへ目をやった。

「兄貴に用事があって出かけて来たのだが、その帰りにちょいと寄らせてもらったのさ。お紺ちゃんがどんな簪をつくっているか、気になっていたんでね」

「それがねえ――」

お紺は口ごもった。新しい簪が売れなくて困っているとは言ってもよかったが、評判がわるいとは言いたくなかった。

「娘浄瑠璃の七之助が買いに来たんだって？」

「ええ」

お紺は、曖昧にうなずいた。新しい簪の評判を、秀三郎がどこまで知っているのかわからなかった。

幼い頃、お紺は、秀三郎と同じ手跡指南へ通っていた。男の子には習字、算術のほか、望めば四書五経から文選《もんぜん》まで、女の子には女大学や女庭訓往来《ていきんおうらい》のほかに裁縫や茶の湯を教え、教科に違いがあったのだが、お紺は、そこで今紫《いまむらさき》の異名をとった。裁縫をしながら、男の子達の読む『論語』をそらんじてしまったのである。兄が学んでいるのを横で聞いていて、兄よりも先に覚えた紫式部にも匹敵するというわけだった。

三歳年上の秀三郎には、それが口惜しかったらしい。以後は負けぬ気をむきだしにして、『論語』も『孟子』もお紺にはとうてい追いつけぬ早さで覚えてきた。

お紺の口惜しがる番だった。わからぬ文字があれば師匠に教えてもらえる秀三郎が妬ましく、稽古場で人形の着物を縫っているのがもどかしくなったこともある。

その秀三郎が蠟燭問屋、巽屋《たつみや》の婿になってから三年目の一昨昨年《さきおととし》、若い娘達の間でおかしなことが流行《はや》り出した。自分の名を彫った蠟燭を好きな男が持つ提燈に入れておき、相手が知らずに使ってくれれば思いが叶うというのである。

呪《まじな》いに似たこの遊びを考え出したのが、秀三郎であった。

あまりの評判に、一度、お紺も桶町へ出かけてみた。娘に頼まれたらしい母親や乳母に混じって順番を待ち、渡されたのは何の変哲もない蠟燭だった。お紺は、上部に瑕《きず》をつけたとも見える名前を彫るだけで、順番待ちの行列をつくる秀三郎の知恵に感心したものだった。

その翌日、秀三郎がお紺をたずねて来た。三々屋のお紺が蠟燭を買って行ったと、店の者が知らせたようだった。

実は――と、会うなり秀三郎は言った。お紺が好きな人のために蠟燭を買うわけがないと、はじめから考えていたようだった。

「あの蠟燭は、お紺簪から思いついたんだよ」

「やっぱり」

と、お紺は笑った。

秀三郎が、お紺簪を売り出すたびに買って行ったのは知っていた。婿は女房の機嫌をとらなければならないからと、番頭や手代は笑っていたが、お紺は、そればかりではないと思っていた。手跡指南の時代から、秀三郎は、お紺だけを意識していたのである。

「老舗だからと、威張って商売しているのもいいけどね。わたしはお紺ちゃんの簪を見て、蠟燭にもほかの売り方があるのじゃないかと思ったんだよ」

秀三郎はそう言った。

以来、巽屋の蠟燭は売れつづけている。お紺も、秀三郎にだけは新しい簪の評判を知られたくなかった。

「これも、わるくないと思うけどな」

秀三郎は、懐から二つ折りにした手拭いを出した。夕霧の簪がはさまれていた。

「白状すると、売り出したい蠟燭があるんだが、舅がどうしても承知してくれないんだよ。兄貴に相談をしたのだが、兄貴もやめた方がいいと言う。お紺ちゃんの簪でも眺めて、景気をつけようと思ったのさ」

「そう――」

秀三郎は夕霧の簪が売れぬことを知っていて、お紺にもつまずきはあると、自分を慰めているのではないかと勘繰りたくなった。

「ところで」

いそがしいと言いながら、秀三郎は話題を変えた。

「平太《へいた》には会うかえ？」

やはり同じ手跡指南に通っていた、秀三郎とは正反対の悪童だった。裏通りにあった煙草屋の悴で、駄菓子や玩具を店から黙ってもらってきたり、それを子分と称する子供に配ったりして、毎日のように師匠から叩かれ、立たされていたものだ。その腹癒《はらい》せか、師匠に可愛がられていたお紺は、鼠の死骸を投げつけられたことがある。

「平ちゃんが新大坂町へ越して行ってから、二、三度出会ったきり」

「いい若旦那になったぜ」

「若旦那って？」

「知らないのか。平太の親父が、木綿問屋の株を買ったんだよ」

秀三郎は、簪を手拭いにはさんだ。

「さて、帰るとするか。とんだ長話になってすまなかった」

手拭いを懐に入れている秀三郎をひきとめようかとも思ったが、松葉に雪の意匠がちらついた。お紺は、歩き出した秀三郎を申訳のように見送って、店の中へ飛び込んだ。

二晩もろくに眠らず考え出した松葉に雪の簪だったが、錺職も番頭もよい顔をしなかった。錺職は、松葉の細かい細工をさせてもらえるのは嬉しいが、それならばもう少し値の張るものの中に入れてもらいたいと言うし、番頭は、松に雪では愛嬌がなさ過ぎるとにべもなかった。

お紺は、幾つかの案を描いた紙を丸め、屑籠へ叩きつけた。先刻、番頭が手代と話していた言葉が、まだ耳の中で響いていた。

「確かに頭はいいけど、やっぱり女だねえ」

お紺が聞いているとも知らずに、番頭はそう言った。売れない時はちょいと気を鎮めて、客の好みを考え直すっていう算段ができないんだよ。――

奉公人に藪入《やぶい》りの小遣いを余分にやれたのは誰のお蔭だ、手間賃が高くて使えなくなった錺職を、また使えるようになったのは、何が売れたからだと、お紺は胸のうちで毒づいた。

店が潤っても、番頭はお紺簪を店の隅に置きたがり、高い手間賃を払うと言っても、錺職は特別注文の簪をつくりたがる。安物を店の看板商品にしたくない、そんな安物をつくっていては腕が泣くと言うのだが、もし、お紺簪を考案したのがお紺の父か兄だったとしたら、番頭や職人達は何と言っただろう。これからは高価なものばかり扱っていてはだめだとか、腕前を江戸中の人に知ってもらえるのもわるくはないなどと言ったのではあるまいか。店の隅に置きたがったり、特別注文の方をつくりたがったりする胸のうちには、お紺簪を、所詮女が考え出したものと軽く見ている気持があるようにお紺には思えるのである。

お紺は、ぬるくなった茶を飲んで、店へ出た。

客の姿はなかった。手代も小僧も、手持無沙汰なようすで坐っている。

二階には客が来ているようだが、多分、蔵前の隠居だろう。祖父の代からの客で、凝った注文を出す男だった。この男も、お紺簪のような安物を売り出されては、好いた女にくれてやる簪を、三々屋でつくる気がしなくなると言っているらしい。

四面楚歌《しめんそか》のような気がして、外へ出た。

古びた看板に、晩《おそ》い秋の陽が当っていた。お紺は、そこで秀三郎に突き当ったことを思い出した。巽屋はよい婿をとったといわれ、順風満帆に見える秀三郎も、売り出したい蠟燭があるのだが、舅からも実兄からも反対されていると言っていた。

桶町へ行ってみようと思った。呪《まじな》いの蠟燭の売れゆきはとうに落ちているそうだから、立話をするくらいの暇はあるだろう。

着替えをしてゆこうかと後戻りをしかけたが、帳場格子の中で算盤をはじいている番頭の顔を見るのも今はいやだったし、女房も子供もいる幼馴染みと不景気な話をするのに、気取って出かけることもあるまいと思った。

経本や史書などのかたくるしい本を扱う書物問屋が多い通町を、三丁目まで歩いて角を曲がる。賑やかな人通りが、ちょっとまばらになった。

巽屋は、三丁目の裏通りを横切った角にあった。板塀の木戸が開け放しになっていて、その横に荷車が立ててある。荷を運び終えたところのようだった。

荷の点検でいそがしいかもしれないと思ったが、お紺は、店の中へ入ってみた。

ちょうど秀三郎が奥から出て来たところで、お紺を見ると、手を打って笑い出した。

「いいところへ来るものだねえ」

と言う。お紺は首をかしげた。

「葛生屋《くずうや》の平右衛門《へいえもん》さんがおみえになっているんだよ」

「葛生屋さん?」

心当りはなかった。が、秀三郎は、持っていた帳簿を番頭に渡し、お紺を手招きした。

「この間、噂をしたばかりじゃないか。平太だよ。煙草屋の平太が、葛生屋の平右衛門さんだ」

庭先は酒をふるまわれている人足でいっぱいだし、客間では小売商と舅が話をしているので、そこから上がってくれと秀三郎は言った。

店の裏側は、暖簾をぐったところが物置のようになっている二畳、その向うにももう一つ二畳があって、右側が客の出入りする表口、左側が客間になっているらしい。平太の父親は、紙屑を拾って帳面にし、平太にも拾ってきた草履をはかせて金を溜め、木綿問屋の株を買ったのだそうだ。――

そんなことを言いながら、秀三郎は鉤の手に曲がった廊下へ出て、手前の部屋の障子を開けた。そこが、秀三郎夫婦の居間のようだった。

色の浅黒い、精悍な顔つきの男が、床の間を背にして坐っていた。木綿問屋の若旦那にしては頑丈そうな軀に、青手の桟留縞《さんとめじま》がよく似合っていた。

「平ちゃん？」

お紺は、おそるおそる尋ねた。裏通りにいた平太とは、別人ではないかと思った。

「お紺ちゃんか？」

精悍な顔が笑った。笑った目許に、幼い頃の面影が残っていた。

お紺は、平太の前に坐った。

「ひさしぶりねえ。何年会わなかったかしら」

「引越してから二、三度出会ったっけが、それももう十八、九年前になるだろう」

そうかもしれなかった。その頃の平太はまだ、すりきれた着物を着て、泥だらけの藁《わら》草履《ぞうり》をひきずっていた。

「今、道で会ってもわからない」

「俺の方は、わかるさ」

言葉遣いは昔のままだった。

秀三郎の女房が、茶と菓子を持って入ってきた。おちえというらしい。蚊の鳴くような声で挨拶をして、すぐに下がっていった。一人娘だというから、風にも当てぬようにして育てられたのだろう。

「おとなしそうで、いい女房じゃないか」

と、平太が言う。見かけはね――と、おちえを追って行って、酒の支度を言いつけたらしい秀三郎が笑った。

「俺んとこのは、陽気なのはいいんだが、お喋りで騒々しくって」

「おいとさんといったっけね。子供は幾つになった?」

「四つと三つ。そっちは?」

「わたしのところは、去年生れたばかりだよ」

子供の話をする男の顔を、お紺は黙って眺めていた。

平太がお紺を見た。お紺を話の仲間に引き入れようとしているのだが、話の種が見つからぬらしい。

お紺の方には尋ねたいことがあった。

「小父さんや小母さんは、お元気?」

平太は、口許に苦い笑いを浮かべた。

「おふくろは十年前に、親父は去年、死んじまったよ」

「そいつは、わたしも知らなかった」

「ばかな話さ。食うものも食わずに金を溜めて、……商売がうまくゆくようになった時は、あの世ゆきだ」

「平ちゃんがそんなに立派になったんですもの、小父さんも小母さんもきっと喜んでる」

「お紺ちゃんとこも、小父さんも兄さんも亡くなっちまったんだって？」

「ええ」

「それにしても、お紺ちゃんが独りでいるとは思わなかったな」

平太は、眩しそうにまばたきをした。

「お紺ちゃんには、許婚者《いいなずけ》がいたんじゃなかったっけ？」

「それがねえ」

お紺は、かわいた声で笑った。

「それこそばかな話なの。その人に、いい女《ひと》がいてね――」

大事な娘をくれてやるのに、どういうことだと父が怒り、結局、破談になった。十六歳の時だった。

その後も、幾つか縁談《はなし》は持ち込まれていたらしい。が、帯に短したすきに長しと言っているうちに父が逝き、その年のうちに兄も他界した。たてつづけに主人《あるじ》を失うという大騒動を、よくきりぬけたものだと今でもお紺は思う。

後見人となった叔父が、息子をお紺の婿にと言ってきたのを丁重に断って、お紺は、兄と相談して売り出す筈だった鴛鴦の簪の発売に踏み切った。番頭達の猛反対を後見人の叔父が押えてくれたのは、失敗すれば自分を頼ってくるという計算があったからかもしれなかった。

鴛鴦の簪はよく売れた。それでも番頭達は、

「こんなものが売れるとは、ご時世ですかねえ」

と、見込み違いを認めようとしなかったが、叔父がやたらに口を出そうとするのには、露骨にいやな顔をして、ご遠慮願うと言ってくれた。

それからは番頭を相談相手に、夢中で商売をつづけてきた。お紺簪が売れはじめると縁談がへり、かわりに言い寄ってくる男がふえたが、はなから遊びとわかっている色恋沙汰に、つきあう気にはなれなかった。ふざけ半分の付文を、その男の家へ返しに行ったこともある。

「今は、商売が面白くてしょうがないの」

「お紺ちゃんは、昔から頭がよかったからなあ」

平太が感心したように言い、秀三郎がうっすらと笑った。

障子の外で蚊の鳴くような声がして、おちえが酒をはこんできた。

七つの鐘が鳴ったのは、つい先刻と思っていたのだが、もう薄暗くなってきた。ようやくまとまった松葉に雪の意匠を半紙に描いていたお紺は、少しでも明るいところへ行こうと敷居際まで机を引きずって行き、障子を開けた。

女中のおまきが顔を見せたのは、その時だった。巽屋の秀三郎が来たという。もう少しで描き終るところで、客間へ立って行くのも面倒くさく、お紺は、秀三郎をここへ通してくれと言った。

おまきに案内されてきた秀三郎は、部屋への出入りを拒んでいるような机の大きさと、ちらかっている反古紙に驚いたようすだったが、少しの間待ってと言うお紺にうなずいて、廊下に腰をおろした。

「今度売り出す簪かえ？」

秀三郎は、首を曲げて机の上の半紙を眺めた。

「そう。——どうかしら？」

と言いながら、お紺は筆を置いた。秀三郎は、墨の乾ききらぬところへ強く息を吹きつけてから半紙を持ち上げた。お紺は、さすがにお紺ちゃんだ——という答えが返ってくるものと思った。が、秀三郎は、何も言わずに半紙を机へ戻した。

「その松葉の形が面白いでしょう？」

「めしを食いに行かないか」

お紺は、秀三郎を見つめた。面白くないと言われたようなものだった。

「たまにはいいじゃないか」

秀三郎は、薄闇の流れてきた庭へ目をやって立ち上がった。

「わたしも十二支の蠟燭を反対されて、むしゃくしゃしているんだ。お祝いの席に使ったら面白かろうと思うのだが、舅に、蠟燭は蠟燭の形をしていればいいと言われてね。それでお終いさ。――室町の芳澤で待っているよ」

秀三郎がお紺をふりかえった。お紺は、美男と評判の秀三郎の額にも薄いしみがあり、目のまわりには寝不足らしい隈のあることに気がついた。


お紺は、自分で居間を片付けた上、わざと時間をかけて着替えをした。家を出た時にちょうど六つの鐘が鳴り、すでに大戸をおろしていた店の中では、手代達がしきりに算盤をはじいていた。

三々屋が来ると言い置かれていたのだろう、お紺が芳澤の暖簾をくぐると、女将が二階を指さした。

秀三郎は、風がつめたくなったというのに窓を開け、星のまたたきはじめた空を眺めていた。その足許に、銚子と盃の置かれた盆がある。一合の酒を、もう空《から》にしたようだった。

すぐに女中が料理をはこんできた。秀三郎は、窓を閉めて新しい銚子を持った。

「飲めるんだろう？」

「少しなら」

お紺の盃にも、なみなみと酒がつがれた。

「秀さん、お酒は強いのね」

「婿にいってからさ」

言っているうちに、盃が空になる。

「七之助が、お紺ちゃんの簪を買わずに帰っただろう」

ふいに秀三郎が、一番知られたくないとお紺が思っていたことを口にした。

「どうしてだか、わかるかえ？」

酒を飲んでいるどころではなくなった。お紺は盃を膳に戻したが、秀三郎は、また銚子を盃へ傾けていた。

「秀さんにはわかっているの？」

「ああ」

「――教えて。七之助さんが夕霧を買わなかったのは安物だから？」

「安物と承知で買いに来た筈だよ」

「では、なぜ？」

「お紺ちゃん、あの銀鎖は長過ぎるよ」

秀三郎が盃を口へはこんだが、お紺は酌をするのも忘れていた。

「七之助は、銀鎖を揺らして浄瑠璃を語る。けど、あそこまで鎖が長いと、おそらく客の目は簪へ行っちまう」

お紺は口を閉じた。

「そのあたりを歩いている若い娘なら尚更だよ。きれいな簪で男の目を惹きつけたいが、目立ち過ぎるのはいやなんだ。きれいな簪はいいが、派手な簪は男に嫌われることを、よく知っているんだよ」

目からうろこが落ちたとはこのことだった。お紺は、美しい簪を考え出すのに気をとられ、女達を美しく見せるように工夫するのを忘れていた。

「松葉の簪は？」

と、思わずお紺は尋ねた。

「松葉の簪は、大丈夫かしら」

盃を膳に置いた秀三郎から、答えが返ってくるまでに時間がかかった。

「売れるよ、あれは」

「よかった――」

目をつむって深い息を吐いた。幼馴染みとは有難いものだと、しみじみ思った。

が、目を開くと、秀三郎が見つめていた。酒が入っても赤くならぬたちなのか、行燈の明りに頰や額が妙に青白く光っている。お紺に向けられている目も据わっていた。

いやな予感がして、お紺は立ち上がろうとした。その袂を秀三郎の手が摑み、お紺はわけもなく秀三郎の腕の中へ引き寄せられた。

「何をするの」

衿首から頰へ這ってくる唇を避けようとして、お紺はもがいた。秀三郎の唇はつめたく湿っていて、薄気味がわるかった。

「やめて。幼馴染みじゃないの」

「幼馴染みが幼馴染みに惚れてわるいか」

一瞬、お紺の抵抗がやんだ。その隙に秀三郎は唇を重ね、お紺も、その唇をつめたいとは思わなくなった。

だが、秀三郎は、女房も子供もいる男だった。

「いや」

お紺は、力まかせに秀三郎の軀を押した。秀三郎は、案外簡単に抱きすくめていた手を離した。

お紺は唐紙の前まで逃げて行き、髪を撫でつけてから秀三郎をふりかえった。

「わたしは秀さんを、——秀さんを、商売で競争する人だと思っていたのに」

秀三郎は答えずに、盃へ手を伸ばした。

赤い色のまま庭に散っていた紅葉が、茶色にちぢれて落ちるようになった。大きな桐の葉も茶色になって、踏石の上に落ちている。

お紺は、小半刻近くも縁側に蹲っていた。先刻茶をはこんできたおまきは、お紺が簪の意匠を考えていると思ったらしい。敷居際に、そっと茶と菓子を置いていった。

あれから五日が過ぎた。当然のことながら、秀三郎からは何の連絡もない。

お紺は、茶と菓子を持って居間へ戻った。

菓子を手にしたが、食べる気にはならない。

机を見ると、松葉に雪の意匠を描いた半紙がのっている。お紺は、雪の感じを変えてみてくれと、錺職に頼まれていたのを思い出した。

硯箱を開け、墨をする。

秀三郎の顔が目の前にちらついた。幼い頃は学問での、お互いに一軒の主人となってからは商売での、競争相手だとばかり思っていた男が、昨夜も夢の中にあらわれてお紺を抱いたのである。会いたい気持をごまかすために、お紺は、簪の意匠を次々に考え出そうとした。

が、だめだった。我に返ると、机に頬杖をついて唇が重ね合わされた時を思い出しているか、秀三郎の似顔絵を描いていた。

お紺は、両の頬を掌で叩いて筆をとった。

松葉にのせる雪の意匠だけは早く考え出さねばと思うのだが、気がつくとまた、机に頬杖をついている。

もう一度頬を叩いた時、裏口から賑やかな声が聞えてきた。女髪結いのおとくだった。おまきに遅くなった言訳をしているらしい。

お紺は苦笑した。おとくに髪を結ってもらうのも忘れていた。

「まあ、ほんとに遅くなりまして」

おまきに頭を下げ、すれちがった小僧にも挨拶をして、裏口からずっと腰を屈めてきたにちがいないおとくは、梳櫛《すきぐし》をくるんでいる前掛を解きながら部屋へ入ってきた。

「お仕事でございますか。ご精が出ますねえ。お内儀《かみ》さんが根《こん》をおつめなすってるというのに、ほんとにまあ、わたしときたら、あっちへ引《し》っかかりこっちへ引《し》っかかり――、すみませんねえ、ほんとに」

甲高い早口が、間《ま》をおかずにお紺へ降りかかった。これから髪を梳いて結い上げるまでに、お紺は、町内の誰がどこで尻餅をつき、どこの猫が子供を生んだか、いやでも知らされることになる。

おとくの結う髪は、髷《まげ》も髱《たぼ》もほれぼれするほど形がよいし、早口のお喋りも、帳簿に目を通した翌日などは格好の気晴らしとなるのだが、今日はうるさいだけだった。

が、おとくは、帰り際になって声をひそめた。

「忘れるところでしたよ。巽屋の若旦那からのお預り物です」

合わせ鏡で髪の形を見ているお紺の膝に、反古紙をねじったようなものを置き、胸を叩いてみせた。万事、のみ込んでいると言いたげな顔つきだった。

何かの間違いだと言いかけたお紺の唇へ指を当てる真似をして、おとくは部屋を出て行った。おまきを呼んでいる声が聞えてくる。ついでに自分の髪も結い直してくれと、おまきが頼んでおいたのだろう。

お紺は、反古紙を開いた。わずかだが、指が震えていた。

手紙の書き損じを引きちぎったらしい裏には、「今夜暮六つ、上野中島、雲居《くもい》」と書かれていた。上野不忍池の中島には、出合茶屋が並んでいる。雲居は、そのうちの一つなのだろう。

誰が行くものですか。——

お紺は、今夜暮六つ以下の文字を墨で塗りつぶして、反古紙の便りを屑箱へ投げ入れもした。お紺の都合も尋ねず、返事をくれとも言わず、便りを渡せば必ず来るとたかをくくっている秀三郎が憎らしかった。

硯にたてかけてあった墨をとる。すりはじめてから、先刻もすったことを思い出した。筆を持ったが、いつの間にか、左手で頰杖をついている。半紙をひろげたが、松葉ばかりを描きちらし、雪の形を思いつかぬままに七つの鐘が鳴った。

冬の一刻《いっとき》は短い。化粧をし直して着替えをする間に、半刻《はんとき》は過ぎてしまうだろう。

お紺は、簞笥《あじろ》へ飛びついた。

三の字を網代にした小紋の着物を出す。それから、ありたけの帯を、片端から着物の上にのせてみた。着物に合わせてつくった筈なのに、どの帯も色が合わないような気がした。額に汗が浮かんできた。

結局は、幾度も締めている小豆色の帯を選び、お紺は、台所へ飛んで行った。湯をもらい、顔を洗って入念な化粧をする。

番頭には、急用を思い出したと言って店を出た。駕籠は、日本橋を渡り、室町へ入ってから仕立てた。

秀三郎は、薄暗い座敷でお紺を待っていた。料理屋で会った時と同じように窓を開け、暗くなった池を眺めていた。


実を言うと、中島の出合茶屋は、はじめて行くところではなかった。破談になる前の許婚者に誘われて、一度だけその暖簾をくぐったことがある。

が、それは十六の時で、以来、出合茶屋はおろか、中島の弁天様へ詣でたこともない。不忍池近くで駕籠を返し、中島への鳥居をくぐったものの、お紺の足は、なかなか『雲居』という掛行燈へは向かなかった。

周囲に人影がないのを確かめて、恥ずかしさにふきだした汗にまみれて暖簾の中へ飛び込んだのだが、秀三郎は、そんなお紺を冷静に眺めていたようだった。

いいように、あしらわれた。そう思う。

「おいで」と手を差しのべられて、こんなことになっては仕事に手がつかなくなると思いながらすがりつき、「はじめて？」というからかうような目つきにはかぶりを振って、自分から秀三郎の手を懐へ持っていったりもした。

秀三郎に言われるまま帯を解いて、枕をかわして、案の定、その翌日仕事に身が入らない。そして心配していた通り、いつになってもおとくは秀三郎からのことづけを持って来なかった。

雪の意匠を考えるのを諦めて店へ出て行ったが、気のせいか、番頭や手代達の態度がよそよそしい。お紺簪だ、松葉に雪の簪だと騒いでおきながら、いっこうに意匠が決まらないお紺に愛想をつかしているのかもしれなかった。

居たたまれずに店の外へ出た。砂まじりの強い風が、三々屋の掛看板を揺らせていた。木枯しだった。

早く雪の意匠を考えねば、松葉の簪は時節はずれになる。目をつむってみたが、脳裡に浮かんでくるのは中島での出来事ばかりだった。

もし、この簪が出来上がらなかったら……。

三々屋の商売に、おそらく支障はない。高価なものだけを扱う昔の三々屋に戻って、番頭がすべてをきりまわしてゆくだろう。

お紺は、嫁にゆかなかった女から、嫁にゆけなかった女に変わる。日がな一日、机の前で簪の意匠を考えていたのが、居間の真中にぼんやりと坐って、時折おまきがはこんでくる茶を飲んで、柱のきしむ音や庭木が風に騒ぐ音を聞いているようになる。それだけだ。

「ばかな話――」

その声も風に飛ばされた。お紺は、笑い出したくなった。

店から出て来た小僧が、お紺の方を見て妙な顔をした。視線を追ってふりかえると、精悍な顔つきの男が立っていた。葛生屋平右衛門――平太だった。

「あら」

お紺は、暗い目になっていたのを悟られぬように、まばたきをした。

「黙ってないで、声をかけてくれればいいのに」

「幾度も呼んださ」

平太は呆れ顔だった。

「ま、いいや。ちょいとそこまで来たのだが、昼めしを食いそこなってね。つきあってくれないか」

「いいけれど、ろくなものはできませんよ」

「お紺ちゃんとこでご馳走になろうってんじゃない。俺は、あそこの鰻を食いたいんだよ」

平太は苦笑して、二丁目を指さした。二丁目の裏通りには、近頃開店したばかりの鰻屋があった。

お紺が小僧に行先を告げたのを見て、平太はゆっくりと歩き出した。

裏通りに入れば、すぐに鰻屋の看板が見える。八つ半を過ぎた半端な時刻で、二階の座敷には誰もいなかった。

お紺はふと、平太は秀三郎とのことを知っているのではないかと思った。座敷を見廻すふりをして平太を見たが、平太はお紺の視線に気づかぬようすで、女中に酒を頼んでいた。

女中が階段を降りて行くと、二人だけになった。平太はあぐらをかき、それが癖なのか、膝にのせた手の親指をくるくるとまわした。

「話は何？」

と、お紺は言った。抑えたつもりだったが、うわずった声に聞えた。

「うん——」

平太はまだ指をまわしている。

「秀三郎さんのこと？」

「ああ」

平太の声は、案外に落着いていた。

「ずいぶんと汚い真似をしやがると思ってさ」

「どういうこと？」

「お紺ちゃんが妬ましかったんだってさ」

何が妬ましかったのか、わからなかった。お紺は、黙って話の先を促した。

「お紺ちゃんは三々屋の娘だ。お紺簪の一本や二本売れなくっても、次の簪を売り出すことができる。が、婿のあいつは、名入りの蠟燭で大当りをしても、自分の考えているような商売ができないんだよ」

「それで、わたしが妬ましかったの?」

「あいつは、そう言ってた」

「だったら」

思わず声が高くなった。

「だったら、どうして抱いたの。わたしは、商売の競争相手でいたいと言ったのに」

「だからさ」

女中が、酒と香の物をはこんできた。平太は、すぐに猪口を取って酒をつぎ、女中の足音が消えるのを待って口を開いた。

「だからさ。——そうなったら、うぶなお紺ちゃんは仕事が手につかなくなるじゃないか」

飲みな——と、平太は、お紺に猪口を持たせた。

「惚れてるのか」

まったく変わらぬ口調だった。平太は、お紺の猪口に酒をつぎ、自分のそれもいっぱいにした。

「ほんとに惚れてるのなら、俺が秀三郎の女房をひっかけてやってもいいぜ」

「え？」

「女房と別れさせてやろうと言っているんだよ」

平太は、いたずらを考えついたような顔で笑った。

「俺だって、女に好かれない方じゃないんだぜ」

「それはわかっているけど。人のおかみさんとの密通は死罪じゃないの」

「表沙汰になればの話さ」

平太は、一息に猪口の酒を飲んだ。

「あの秀三郎が表沙汰にするわけがない。が、女房を俺にねとられたと思うと、どうにも我慢がならない。おちえさんとの間がうまくなくなって、あいつ、追い出されるぜ」

「怖いことを言うのね」

平太は、目を伏せたままお紺の猪口へ酒をついだ。

「俺はね、お紺ちゃん」

ついでに自分の猪口もいっぱいにして、平太はやっと目を上げた。

「手前《てめえ》の口から言うのも何だが、文句のつけようがない暮らしをしているんだよ」

女房はいい奴だし、子供は可愛いし――と平太は言った。

「だから、お紺ちゃんも泣かしたくない。俺は、――俺はお紺ちゃんを、一度だって競争相手だなんぞと思ったことはなかった」

お紺は、猪口へ口をつけた。一息に飲んだ酒が、のどから胃の腑へ流れてゆくのがよくわかった。

「もう一合、頼むか」

平太が燗徳利をお紺の猪口の上へ差し出して、階下からは、鰻の焼けたらしいにおいが漂ってきた。


お紺は、日本橋のたもとまで平太を送って行った。

一合の酒が二合になり、四合になり、結局は七合半を飲んで、お紺も気づかぬうちに同じ話を幾度か繰返したりしていたが、まったく酔っていないようだった平太の足どりも、あやうくなっていた。

「それじゃ、また来るぜ。お望みとあらば、いつでも巽屋の女房をひっかけてやる」

「大きな声で何を言ってるの」

「かまわないさ、聞えたって」

「それより早くお帰りなさい。おいとさんが待ってますよ」

「わかってるって」

蒲焼の折を下げた平太の姿が夕暮れの人混みの中に隠れるまで見送って、お紺は、店へ駆け戻った。

店の横手から裏庭へ抜け、居間へ上がって文机に俯せると、堪《こら》えに堪えていた涙が、堰をきってこぼれてきた。

お紺は、声をあげて泣いた。平太の気持が嬉しいのか、秀三郎が恋しいのか、騙されたことが口惜しいのか、よくわからなかった。ただ無性に泣きたかった。

しばらく泣きつづけたあとで、お紺は顔を上げた。松葉に雪の意匠が見えたような気がした。

「何さ、女だと思ってばかにすると、あとが怖いんだから」

松葉の簪で大当りをして、三々屋の蔵をふやしてやる。秀三郎が地団太を踏んだところで、その真似はできまい。

その一方で、お紺は、秀三郎がこの簪を買いに来てくれるだろうかと考えていた。

恋忘れ草

雪もよいの空のせいで人出が少ないのだろう。かすかに聞えてくる見世物小屋の呼び声は、どこか気がぬけているようだった。

火鉢に寄りかかり、その声にぼんやりと耳を傾けていると、階段を上がってくる足音がした。両国広小路南側の米沢町《よねざわちよう》、地本問屋《じほんどんや》加賀屋の二階であった。

おいちは、火鉢から離れて坐り直した。

足音は二つだった。一つは太った軀《からだ》を短い足で大儀そうにはこんでくる加賀屋の主人、吉右衛門《きちえもん》で、もう一つは、番頭の利八《りはち》にちがいなかった。

加賀屋吉右衛門といえば、肉づきのよすぎる軀と、おいちの師匠である歌川国芳《うたがわくによし》を売り出したことで知られた男であった。当時、役者絵も女絵も合巻本《ごうかんぼん》の挿絵もすべて不評で、どこの板元《はんもと》からも相手にされなくなった国芳に、武者絵を描かせたのである。それが空前の大当りとなった『水滸伝豪傑百八人《すいこでんごうけつ》』で、『水滸伝豪傑』の武者絵は、国芳を江戸で一、二を争う人気絵師へ一気に押し上げると同時に、加賀屋の名も大きくしたのだった。

その吉右衛門が昨日、おいちの家へ使いを寄越し、来年開板《かいはん》する錦絵のことで相談をしたいと言ってきた。面白い趣向を考えついたのかもしれず、おいちは、九つ（正午頃）という約束の刻限に遅れぬよう出かけてきた。

「お待たせをいたしまして」

障子が開いた。

ただでさえ薄暗い廊下は、重苦しい曇り空のせいでますます暗い。敷居際に膝をついた吉右衛門は、たっぷりと肉のついた頰の間にある口をかすかに開いた。笑ったのだった。そのうしろで、吉右衛門とは反対に痩せ細った利八が、愛想のよい笑顔を向けている。

近頃の天候のわるさに触れた型通りの挨拶をすませると、笑っても怒っても表情の変わらない吉右衛門が眉をひそめた。

「与兵衛《よへえ》さんは、あっけないことでしたねえ」

おいちは、黙ってうなずいた。父親の与兵衛は、八月の末に急逝した。師走に入るとすぐに百ヶ日となる。

「お幾つでした？」

「四十五、いいえ、六だったかしら。――あらいやだ、親の年齢《とし》も覚えていないほど不孝者だったことをお見せしちまった」

おいちは、手の甲を口に当てて笑った。よく響く笑い声だと、自分でも思った。

「まだ働き盛りでございましたねえ」

と、番頭の利八が言う。

「お一人になられて、お淋しゅうございましょう」

「淋しくないって言えば嘘になりますけど。でも、父親の面倒をみずにすむだけ仕事がはかどります。——こんなことを言うと、面倒をみていたのは俺の方だって、お父つぁんの幽霊にぶん殴られるかな」

首をすくめたおいちを見て、今度は利八が声をたてて笑った。

その笑い声の消えるのを待って、吉右衛門が利八をふりかえった。

利八はうなずいて膝をすすめ、持っていた紙をおいちの前にひろげた。江戸の地名が書かれていた。

おいちは、話の先を促すように吉右衛門を見た。

「江戸名所百景を、芳花《よしはな》さんに描いていただこうと思いましてね」

吉右衛門は、太った軀を苦しそうに傾けて、地名の書かれた紙をのぞき込んだ。芳花は歌川芳花、おいちが国芳からもらった名前であった。

天保四年の今年、霊岸島塩町《れいがんじましおちょう》の小さな地本問屋保永堂《ほえいどう》が、老舗《しにせ》の鶴屋《つるや》仙鶴堂《せんかくどう》の力を借りて歌川（安藤）広重の景色絵を開板した。『東海道五十三次』の揃物だった。

これが、国芳の『水滸伝豪傑』にまさるとも劣らぬ大当りとなり、他の地本問屋も二匹めの泥鰌《どじょう》をねらって、高名な絵師に東海道ものや中山道ものなどを描かせているという。保永堂が、霊岸島から江戸の目抜き通りへの移転を考えているという噂もあった。

が、吉右衛門は、〝街道〟には当分そっぽを向くことにしたと言った。地本問屋の店先が、軒並〝宿場〟だらけになっては面白くないという。

「いかがですか」

吉右衛門がおいちを見た。ひきうけてくれるかと尋ねているのではなく、名所の選び方に不足はないかと言っているらしい。

おいちは、曖昧にうなずいた。

実は昨年、国芳も、『東海道五十三次』で売り出す前の広重も、『東都名所』と題して江戸を描いているのである。ことに国芳のそれは、仲間うちの評判も上々で、おいちもわざわざ買い求めたほどの出来栄えだった。

が、評判ほどには売れなかった。広重の方の『東都名所』も、『五十三次』が大当りをしてから売れ出したと聞いている。

開板された時期もわるかったと、おいちは思っていた。

一昨年から天候不順で、奥羽地方の凶作も伝えられている。米の値が上がりはじめた時に、見慣れた風景を描いた錦絵など、よほど興味をひかれなければ買いはしない。広重の『五十三次』は、見知らぬ土地が美しく描かれていて、一時《いっとき》、米櫃や財布の具合を忘れることができるため、大当りをしたのだろう。

今年の米は、昨年よりまた高くなった。国芳ですら、加賀屋開板のものを十枚でやめてしまった江戸の景色絵を、おいちが百枚も描きつづけられるだろうか。

「女の画工《えかき》さんのものというと、いつもあまり売れませんでね」

吉右衛門が、言いにくいことをはっきりと言った。

「が、芳花さんは別だ」

吉右衛門の表情からその胸のうちを探るのはむずかしいが、世辞だけではなさそうだった。

「ま、『水滸伝』のようなわけにはゆかないが、儲けさせてはいただけます。それに、私に言わせれば、女絵に描かれている景色が実にいい」

「有難うございます」

「絵入り本も、『水滸伝』の豪傑より『梅児誉美《うめごよみ》』の芸者達がもてはやされるようになった。豪傑の国芳先生より女の芳花さんの方が、今は大当りするのではないかと思いましてね」

隅田河畔、浅草、御茶ノ水と、利八が思いつくままに書きつらねたらしい文字を目で追いながら、おいちは、国芳や広重が描いた風景を思い出した。国芳の人間くさい景色絵には独特のあじわいがあり、広重のそれには、穏やかな香気がある。

おいちなどが真似のできるものではなく、迂闊には吉右衛門のおだてにのれぬような気がしたが、その一方で国芳も広重も知らない自分だけの風景があるようにも思え、描きたい気持が強くなってきた。

「わたしどもとしては、自分が住んでいるのはこんなにいい所だったのかと、江戸の人達にしみじみ思ってもらえるような絵が欲しいのですよ」

と、吉右衛門は言った。

「ここに書き出したのは、わたしどもの思いつきです。芳花さんがこんな所はいやだとお思いなら、ほかをお描き下すっていっこうにかまわない」

「わかりました。好きなところを描かせていただくと思います」

吉右衛門は、ふたたび利八をふりかえった。よいと思った板下絵は、すぐ彫りにまわせと言っている。

おいちは、思わず深い息を吐いた。息を吐いてから気がつくと、動悸が激しくなっている。無論、大きな仕事を頼まれた嬉しさからだったが、どこかにかすかな不安も混じっている。

利八が、障子を開けて階下に声をかけた。食事の支度ができているらしい。

「わたしどもも、お相伴《しょうばん》をさせていただきます」

吉右衛門が口許だけで笑う。

「与兵衛さんが生きておいでだったら、また叱られていたところかもしれません」

おいちは首をかしげた。

利八が、吉右衛門のうしろから言った。

「これでまた、おいちが嫁にゆけなくなったという、与兵衛さんの声が聞えるような気がいたしますな」

「そんなこと言やあしませんよ」

おいちは、頭と一緒に手も振った。

「国芳先生のお弟子にしてくれと、加賀屋さんにお頼みしたのはこちらの方ですもの。それに、お前を嫁にゆかせるのは、さかさに建てた家に瓦を葺くよりむずかしいって、諦めていたようですから」

「それが、そうではなかったようですよ」

利八が笑った。

「亡くなられる四、五日前でしたかね。仕事の帰りにお寄りなすって、錦絵の師匠より、頼り甲斐のある男を見つけてやりゃよかったと、苦笑いなすっていられましたよ」

「ま、未練がましいことを」

おいちも、よく響く声で笑った。

「つまらない男と一緒になって苦労するより、一枚でもいい絵を描きたいと言うと、そうだ、そうだとうなずいていたくせに」

「いい腕の瓦師さんでしたねえ」

吉右衛門が口をはさんだ。

「店を建て直す時に、瓦を葺いてもらいたい人がいなくなりましたよ」

おいちは、吉右衛門から目をそらせた。先日も、国芳から同じことを言われたのだった。

話のとぎれた部屋に、見世物小屋の張りのない呼び声が聞えてきた。

利八がそっと部屋を出て、階段を降りて行く。食事の催促に行ったようだった。

本所横網町《ほんじょよこあみちょう》の家へ戻ってきた時に、七つ（午後四時頃）の鐘が鳴った。

家の中は、四隅《よすみ》に闇がたまっていて、明りが欲しいくらいだった。が、それよりも、火の気も人気《ひとけ》もなかったつめたさが軀をつつみ、おいちは、着替えもせずに長火鉢の前へ蹲《うずくま》った。

埋めておいた炭火を掘りおこしながら、炭桶を引き寄せる。両国橋の上は、凍りつくような風の通り道で、渡っている間に軀はこごえきっていた。そのせいか、火箸が思うように動かない。

手に幾度も息を吐きかけながら炭をつぎ、ようやく見つけ出した種火をその上にのせた。

唇をすぼめて種火のあたりを吹いていると、ようやく炭の端が赤くなってきた。

鉄瓶をのせる。

肩や首のあたりが、かたく、こわばっていた。おいちは、首をまわしながら、疲れたと思った。

あれから食事が出て、藤村《ふじむら》が売り出したという菓子と薄い茶が酒のかわりに出された。おいちはよく喋り、よく笑った。抹茶に酔うのかと利八がからかったほどだった。喋り過ぎて「帰る」と言うきっかけを見失っていたのだが、吉右衛門や利八の方も、「今日はこれで」と立ち上がるきっかけを摑めずに困っていたかもしれない。

このところ、おいちは人に会うとはしゃいでしまう。はしゃげば疲れる、疲れれば人気《ひとけ》のない家に帰った時が淋しくなるとわかっているのだが、人一倍陽気に騒いでしまうのだ。

家では返事をしてくれる人がいない。百枚もの揃物を描くことになったと言っても、その言葉が四畳半の薄闇の中へ吸い込まれてゆくだけなのである。家へ帰るのがいやで、陽気に騒いでいれば相手も帰らぬだろうと、無意識のうちにそんなことを考えているのだった。

「お父つぁんがいてくれたら……」

〝だんまり〟と異名をとった与兵衛は、ほとんど喋らない。名所百景の仕事をもらったと言っても、よかったとも嬉しいとも言わぬだろう。そのかわり、陽に焼けた顔をほころばせ、晩酌の猪口を差し出す筈だった。

その笑顔があればよかった。人に会っても、はしゃぐ必要はない。音沙汰のなくなった才次郎《さいじろう》のことなど、きれいに忘れられるにちがいなかった。

才次郎には、与兵衛の死ぬ一月《ひとつき》ほど前から会っていない。与兵衛の通夜に顔を見せてくれたものの、焼香をすませるとそそくさと帰って行った。彫師《ほりし》として一人立ちすることになり、何かといそがしいのだと言っていた。

あれからざっと三ヶ月、加賀屋で耳にした噂では、もう四人の弟子がいるという。女絵の髪の生え際は、彫師の腕の見せどころであったが、ほつれ髪の才次と言われるほど、才次郎はその細かな彫りが得意だった。あいかわらず名指しで頼まれる仕事が多いようで、弟子入りを願う者もあとをたたぬらしい。

が、安五郎《やすごろう》の仕事場で働いていた時よりも、今の方が暇はつくりやすい筈である。利八は、息抜きだと言って矢場へ入って行こうとする才次郎に会ったと言っていた。おいちに会う余裕はなくとも、弓をひいて遊ぶ時間はあるということになる。

ことによると――と、おいちは疑いはじめていた。女房も子供もいる才次郎には、父親の死で一人暮らしとなったおいちが、重荷になってきたのではあるまいか。

おいちは、俯せになって行燈へ手を伸ばした。着物越しでも畳がつめたかったが、立ちかじかんでいた指先が、ようやく自由に動くようになってきた。

ち上がるのが億劫だった。

が、油差しは台所にある。やっと軀が暖まってきたところで、ひえびえとしている台所へ出て行きたくはない。おいち一人が暗さを我慢すれば、ことはすむ。おいちは、また軀を丸めて火鉢に手をかざした。

家の前を、下駄の音が走って行った。「冗談じゃないよ。百文で七合五勺になっちまったよ」と言っている声も聞えた。百文で一升二、三合は買えた米が、百文一升となり九合となり、半分に近い七合五勺にまで値上がりをしたのである。

飢饉は避けられないのかもしれなかった。先日、品川で打ちこわしが起こったという噂も耳にした。

もし、名所百景で失敗をしたら――。

背筋が寒くなった。吉右衛門の言うように、おいちは女の絵師としてかなり名を知られてはいるものの、『水滸伝豪傑』のような大当りをとったことがない。名所百景でつまずけば、たちまちどこの板元も相手にしなくなるだろう。

「仕事をしなくっちゃ」

おいちは、もう少し休んでいたい頬を叩いて立ち上がった。

格子戸が開いたような気がした。

案内を乞う声が、才次郎に似ていたが、まさかと思った。

才次郎がおいちの家をたずねて来たのは、かぞえるほどしかない。約束を変更するなど、やむをえない時に口実を設けてたずねて来て、出入口で気忙《きぜわ》しく用事をすませて引き返してゆくのだった。

また案内を乞う声がした。才次郎の声に間違いなかった。

あわてて返事をしようとして、おいちは、その声を飲み込んだ。

与兵衛の死以来、三ヶ月も顔を見せなかった男ではないか。いそいそと出迎えることはない。

が、「開けっ放しで不用心だな」と言う声が聞えてきた。明りもついていないので、留守だと思ったようだった。

黙っていれば、才次郎は帰ってしまう。おいちは、手早く髪を撫でつけて障子を開けた。

踵《きびす》を返そうとしていた才次郎がふりかえった。仕事がいそがしいのか、多少頬がこけていた。「ひさしぶりね」と笑いかけるつもりだったのだが、おいちは黙って板の間に膝をついた。

才次郎も、

「すっかりご無沙汰をしちまって」

と、他人行儀な口調で言う。

「親父さんが亡くなりなすってから、どうしていなさるかと気にはしていたのだが」

「そう――」

おいちは、かすれた声で言った。「わたしは大丈夫」とか、「心配しないで」などという素直な言葉は、とても出てきそうになかった。

才次郎も、ぎごちなくおいちから目をそらせた。

「その、何だかだとつまらねえ用事があってね。親父さんの百ヶ日にも来られそうにねえから、不意のことですまねえとは思ったが、線香をあげに来た」

「そう――」

「入るよ」

才次郎は、いつまでも口をきかぬおいちに焦れたのか、自分から家の中へ入ってきた。

「上がってもいいかえ」

「どうぞ」

と答えたが、明りをつけていない部屋は、洞穴のように暗かった。

居眠りをしちまって――と苦しい言訳をしながら、おいちは行燈に明りをいれた。才次郎は、仏壇の前に供物の包みを置き、手を合わせている。

茶も飲まずに帰ると言い出すだろうとは思ったが、おいちは、鉄瓶の水を半分ほどに減らし、すぐ沸くようにして長火鉢にかけた。

線香の香りが漂ってきた。

もう一度手を合わせて仏壇の前から離れた才次郎は、帰るとも茶をごちそうになるとも言わず、腰を浮かせた中途半端な姿勢で、かじかんでいるらしい手をこすり合わせている。

顔を上げたおいちと視線が合い、才次郎は、それを待っていたように口を開いた。

「元気そうで安心したよ」

「元気なものですか」

うらめしげな返事になった。

「待ってたのに」

「いそがしかったんだよ」

「そう――」

また言葉がとぎれた。雪が降り出すのか、裏通りまでが妙に静まりかえっている。帰ると言い出されぬよう、おいちは話の継穂《つぎほ》を探したが、気がつくと、才次郎は膝を揃えて坐っていて、話したいことを口にするきっかけを探しているようだった。

「なあ」

おいちと呼ぼうか、芳花さんと言おうか迷ったらしい。ちょっと間をおいてから、才次郎が口を開いた。

「今頃になってと言われるだろうが、俺にできることがあったら何でも言ってくんな」

おいちは、才次郎を見た。意識して横を向いているらしい才次郎の顔に、行燈の明りが翳《かげ》をつくっていた。

「その、何と言ったらいいか――俺あ、お前《めえ》にすまねえことをしたと思っているんだ」

ことによると、与兵衛の供養を口実にして、それを言いに来たのかもしれなかった。

「たいしたことはできねえが、それでも何かの足しにはなるかもしれねえ」

「ありがと」

江戸名所百景の地名が、次々に頭に浮かんだ。この彫りを才次郎がひきうけてくれたなら、どんなに助かることか。いや、そばにいてくれて、おいちの拾い上げてくる光景に助言をしてくれたなら、どれほど心強いだろう。

黙っているつもりだったのだが、おいちは、ひきうけたばかりのその話をした。

「百枚の揃物だって？」

「そうなの」

「すげえじゃねえか」

才次郎が、長火鉢の前へにじり寄ってきた。

「が、むずかしいぜ。国芳先生のは、身近な感じがし過ぎて売れなかった。広重先生のも、俺は嫌いじゃねえが、綺麗事過ぎるという人もいる」

「わたしは、わたしだもの」

「あちこち生写《しょううつ》しに出かけなくっちゃならねえぜ」

「行きますとも。お掃除や洗濯を放ったらかしにしても行きます」

「ただ、近頃は、打ちこわしの噂が多いからなあ」

「一緒に来てくれる？」

「いいともさ。が、四、五日待ってくんな。急ぎの仕事をかかえているんだ」

鉄瓶の湯が煮立っていた。

おいちは土瓶に茶の葉を入れ、不器用な手つきで湯をそそいだ。苦そうな茶が入った。

それをうまそうに飲んでから、才次郎は帰ると言った。帰ると言い出したら、何を言おうと聞いてくれぬ男だった。

明日の空模様を気にしながら帰って行った才次郎の姿が見えなくなるまで見送って、おいちは四畳半へ戻った。

人のいたぬくもりが、まだ残っていた。才次郎のぬくもりだった。


与兵衛のいる時も、よく湯豆腐を食べたものだった。絵を描くことに追われて、つい夕飯の支度が遅れてしまうのである。

「いいさ。湯豆腐にしな」

普請場から帰ってきた与兵衛が、いやな顔もせずにそう言うようになったのは、おいちが『竹林七美人図《ちくりんしちびじんず》』を描いてからだった。

『七美人図』は、おいちの出世作となった三枚続きの女絵で、それが開板された時の与兵衛の顔は、今でもはっきりと覚えている。

「いい仕事をしてるじゃねえか、お前《めえ》も」

と、与兵衛は目尻を下げ、口許をゆるませておいちに言った。とろけそうとは、あの時の与兵衛の顔を言うのかもしれなかった。

『七美人図』も、才次郎が彫った。が、はじめて会ったのはその前の年、おいちが十六の春だった。

その日、おいちは日本橋馬喰町《にほんばしばくろちょう》の地本問屋山口屋《やまぐちや》錦耕堂《きんこうどう》へ女絵の板下を持って行った。それを取りに来たのが才次郎だったのである。今から四年前のことになる。

才次郎は、おいちの板下絵を受け取るなり、面倒くさそうに懐へ入れて部屋を出て行った。

職人が不愛想であるとは、父や父の仲間を見てよく知っていた。が、才次郎は、不愛想を通り越して傲慢だった。

小娘の相手をしている暇はないと言われたような気がして、おいちも部屋を飛び出した。山口屋の主人、藤兵衛《とうべえ》に呼びとめられなかったら、才次郎を追いかけて行って、板下絵を取り返していたかもしれない。

いやな男だと思っていたのだが、それから間もなく、また才次郎に会った。師匠の国芳に呼ばれ、新和泉町《しんいずみちょう》の、俗に玄冶店《げんやだな》という一劃にある家へ出かけて行く途中のことだった。

降りそうな空模様だとは思っていたのだが、雲切れがしたのでつい傘を置いて家を出たのが失敗だった。高砂町まで来たところで、雨が降り出したのである。

いったんは軒下に飛び込んだものの、さほどの降りではなく、約束の刻限にも遅れそうだったので、おいちは手拭いをかぶって走り出した。

才次郎は、うしろから追いついてきておいちを呼びとめた。持っていた傘を、させばよいのに小脇にかかえていた。

おいちは、曖昧な返事をして横を向いた。道連れになりたい相手ではなかった。

「どうぞ」

目の前にその傘が差し出された。

おいちは、目をしばたたいて才次郎を見た。才次郎は、山口屋で会った時とは別人のような屈託のない笑みを浮かべていた。

「どうぞ、お使いなさいやし」

開いて持たせてくれた傘には、雨の雫がついていた。雨の中を走って行くおいちを見かけ、追いかけるには邪魔な傘を閉じたようだった。

おいちは黙っていたが、才次郎は、かまわずに言葉をつづけた。

「芳花さんは、いい絵をお描きになりやすね」

おいちは、また目をしばたたいた。

「この間、山口屋では、とんだご無礼をいたしやした」

才次郎は、傘を返そうとするおいちにかぶりを振って言った。

「手前《てめえ》の口から言うのはみっともねえ話だが、十年間辛抱したお蔭で、頭彫《かしらぼ》りをまかせてもらえるようになりやしてね。手前が一人前だと思うと、いけねえや、他人の仕事のあらが見える」

おいちは黙っていた。

「近頃は、高名な絵師の描いた女絵でも、手足の色気がなくなっちまってね。つまらねえ絵を彫らせやがると、勝手に腹を立てていたんでさ」

ところが——と、才次郎は言った。

「芳花さんの板下絵を見てびっくりしちまった。まだ達者な絵とは言えねえが、女の手にも足にも色気がある。俺は、近頃にないほど夢中で彫った」

雨が傘に当って音をたてはじめた。

「そうら降ってきた。あんないい絵を描くお人が、ずぶ濡れになって風邪でもひかれたら大変だと思ったんでね」

いやな奴だという印象はあっさりと消えた。おいちは、才次郎に傘をさしかけた。やはり国芳の家へ行くらしい兄弟子が、すれちがいざまにひやかして行ったが、おいちは「たんとお羨みなさい」と言い返した。才次郎の方が、てれくさそうだった。

男と女の仲になるのに時間はかからなかった。その割に噂がたたなかったのは、おいちが、相合傘を見られてもあっけらかんと言い返す、色気のない女だと思われていたせいだろうか。

才次郎は、つきあっていた女もいないではないが、きれいに別れたと言った。おいちはそれを、才次郎が所帯をもとうと言っているのだと思った。

事実、才次郎はそのつもりだったらしい。安五郎の家がある相生町《あいおいちょう》附近を、おいちと空家探しに歩きまわったこともある。

だが、才次郎は、別れた筈の女と夫婦《めおと》になった。その女、おのぶが才次郎の子供をみごもっていたのだった。

諦めようと思った。どんな理由であれ、才次郎はおいちを捨てたのだった。

自分を捨てた男を、ぐずぐず思っていても仕方がない。いさぎよく別れを告げたかったが、それがどうしてもできなかった。

ひょっとして才次郎に会わぬものでもないと、相生町の曲り角に陽が傾くまで佇んでいたこともある。彫りは安五郎に頼むと聞いて、板下絵にわざと間違いを入れ、それを口実にたずねて行ったこともあった。

才次郎にも、そこでおいちを突き放す強さはなかった。

お稲荷さんの境内で会うだけの約束が、おいちに泣き出されて汁粉屋《しるこや》へ入ることになり、汁粉を食べているうちに奥座敷へ行くことになって、結局は別れられなくなった。

以来、もっと会いたいと拗《す》ねるおいちを、会うより先に片付けねばならない仕事があるじゃねえかと、才次郎が宥《なだ》める間柄がつづいていた。

でも、わたしは泥棒猫じゃないねえ?　お父つぁん。——

おいちの恋い焦がれる相手が女房も子供もいる彫師だとわかった時、与兵衛は、いつまでも黙って酒を飲んでいた。

翌日も黙々と朝飯を食べて普請場へ出かけて行き、不機嫌を絵に描いたような顔で帰って来て、「今帰った」とも言わずに、おいちから桶と手拭いを受け取った。生涯口をきかぬ気ではないかと思ったが、湯屋から戻ってくると長火鉢の前に坐り、ぽつりと言った。

「その男、仕事は確かか」

おいちと女房との間で揺れ動き、仕事がいい加減になっているようだったら、熨斗《のし》をつけて女房にくれてやれ。お前が惚れていい男じゃねえ。

「それじゃ、才次郎さんに惚れてていいってことだ」

おいちは、与兵衛の晩酌を一杯横取りしながら胸を張った。

頭《かしら》彫《ぼ》りをまかされた才次郎には、たちまちほつれ髪の才次の渾名がついた。国芳や、兄弟子で国芳と人気を二分している国貞などが才次郎を名指しするので、親方の安五郎との間が険悪になったという噂さえあった。

その才次郎が、出合茶屋でおいちに会うなり、「今度の女絵はいい」と言ったことがある。それが『竹林七美人図《ちくりんしちびじんず》』だった。

才次郎は、床に入っておいちを抱き寄せてからも、「一世一代の彫りを見せてやるぜ」と、繰返し言った。

言葉通り、才次郎の彫りは見事だった。

『七美人図』は、江戸で評判になっている女性を竹林の七賢に見立てて描いたもので、娘浄瑠璃の竹本小扇、七之助のほか、筆耕の長谷川里香、日本橋通町にある小間物問屋の女主人、三々屋お紺などを加えていた。

意外な人選が新鮮に見えて、人気を呼んだのだろうが、才次郎の彫りに助けられたことも否めない。ことに簪をさそうとしている三々屋お紺の髪からは、香油の匂いが漂ってきそうだった。

師匠の国芳は、「あんな絵を描かれちまったら、俺がお前達に弟子入りをしなくっちゃならねえ」と、妙な褒めかたをしてくれた。板元の山口屋藤兵衛も褒めてくれたし、戯作者達も「あれはいい」と言ってくれた。あの頃は、二人で仕事をしさえすれば、傑作ができあがるような気がして五日に一度、いや三日に一度、会っていたのではなかったか。

だが、才次郎からの連絡は、次第に間遠になった。帰ると言い出したら、おいちを出合茶屋へ残してでも帰って行った。おいちは、家でおのぶが寝ずに待っているからだと思っていた。

わたしとのことは、浮気になっちまったんだ。

幾度そう思って口惜し涙にくれたことか。別れてやると決心して、才次郎がくれた絵筆や墨を、幾つ屑籠に叩き込んだことか。それほどの決心も長つづきせず、才次郎からの連絡がくれば、「これでお終いにするから」と、自分自身に言訳をして出かけてしまうのだった。

長火鉢で、湯豆腐の鍋が煮立っていた。

おいちは、豆腐を皿にとって仏壇をふりかえった。

才次郎をあてにすまいと思いながら、顔を見れば寄りかかりたくなるおいちを、与兵衛は苦笑して眺めているにちがいなかった。

百ヶ日の法要は、国芳や加賀屋吉右衛門も顔を見せてくれて無事にすんだ。が、四、五日後に連絡をくれると言った才次郎からは、何の音沙汰もなかった。都合がわるくなったという、ことづけすら届かないのである。

おいちは、板下絵の筆を置いた。

才次郎が約束を忘れている筈はなかった。名所百景の板下絵は、すでに御厩河岸《おうまやがし》と芝日影町《ひかげちよう》が彫りにまわっている。

まだ遠い渡し舟の到着を待って水際に蹲っている子と、待ちくたびれて蝉取りをはじめた子を描いた御厩河岸も、古着屋の並ぶ横丁から、水仕事の合間にふっと顔を出した女が画面の端にいる日影町も、吉右衛門の想像以上の出来だったらしく、自分で才次郎の仕事場へ板下絵を持っていったという。吉右衛門の熱の入れ方がわかれば、才次郎は、自身がよい仕事をするためにも、おいちを生写しに連れて行ってくれるにちがいないのである。

ひょっとして、思いも寄らぬことが起こったのではあるまいか。

躯は丈夫だと言っていたが、不死身ではないのだから寝込むこともあるかもしれない。

名所の下見に出かけてくれて、先日は上野でも起こったという打ちこわしに巻き込まれたとも考えられる。

まさか——と、自分の甘さを嘲笑いたくなった。いそがしい才次郎が名所の下見までしてくれるわけがない。

が、〝ほつれ髪の才次〟にしても、百枚の景色絵は、はじめての仕事の筈だった。女の髪を濡らす雨と、隅田川をかすませる雨では彫り方も違うだろう。下見に出かけることがないとは言いきれない。

おいちは硯の蓋を閉めた。ようすを見てくるつもりで立ち上がったものの、さすがにためらった。

才次郎はおのぶの夫であり、おかよという女の子の父親であった。それが今頃になって、才次郎の体臭でもあるかのように鼻についた。

おいちは顔をしかめた。才次郎にはおのぶという妻がいて、おかよという子供がいると承知してはいたのだが、夫であり父親であるとは考えたことがなかった。女房持ちだと知っているのと、見知らぬ女の亭主であると考えるのと、なぜこれほど差があるのだろう。

どうする？

夫の顔をした才次郎になど会いたくない。会いたくはないが、いったんは別れたと言った女と、亭主面《ていしゅづら》をして暮らしていたのかと思うと、無性に腹が立つ。

おいちは、踏石の上の履物をはいた。

才次郎の仕事場は、村松町にある。おいちは、つめたい風の吹きつける両国橋を渡った。

注連縄《しめなわ》やうらじろの葉などがのぞく風呂敷包みを持った人と、幾度もすれちがう。気がついてみれば、浅草観世音の歳《とし》の市《いち》だった。

米沢町から小役人の屋敷が並ぶ一劃をぬけて、村松町の裏通りに出る。

通りを横切って歩き出した時から、その女は気になった。浜町堀の方から歩いてきた女で、怒り肩のがっしりとした体格に、あまり似合わない大名縞の着物を着て、歳の市からの帰りらしい風呂敷包みをさげている。

女もおいちを見つめていた。

おいちは、足をとめた。

女も、経師屋の前に立ち止まった。経師屋の隣りが、才次郎の仕事場だった。

その女が誰であるか、もうわかっていた。一番会いたくなかった女だった。

女にも、おいちが誰であるかわかったようだった。おいちは、仕事場の前を通り過ぎてしまおうと思った。歌川芳花が村松町を歩いていたところで、咎められる理由はない。が、躯がこわばって動かなくなっているおいちに、おのぶは、ていねいに頭を下げた。

「おいでなさいませ」

こぼれるような笑顔だった。

「うちがいつもお世話になっておりまして」

「いえ、わたしこそ」

おいちも、懸命に口許をほころばせた。

出会ってしまったものはしかたがないじゃないか——と、自分に言い聞かせた。うしろめたいことは何もない。この女が子供を生まなければ、おいちが才次郎の女房になっていたのだ。頰をひきつらせることも、声をうわずらせることもない。

「さ、どうぞお上がり下さいまし」

おのぶが格子戸を開けた。

出会ってしまったのだからしかたがないと、おいちはもう一度自分に言い聞かせた。上がれと言うのなら、上がってようすを見てゆくほかはない。

おいちは、家の中へ入った。

仕事場の横が出入口になっていて、板の間に上がると、左手に窮屈そうな階段がある。

「どうぞ」と、おのぶは階段を指さしながら障子を開け、仕事場の才次郎に「お客様」と言った。

「どなただえ」

と言う才次郎の声が聞えた。

「芳花さん」

才次郎がどんな顔をしたのかわからない。が、おのぶは先刻と少しも変わらぬ笑顔でおいちをふりかえり、「狭苦しいところですけれど」と言いながら先に二階へ上がっていった。

　よく磨き込まれた廊下の左が物干場、右が六畳でその奥にもう一つ、三畳の部屋があるらしい。

「散らかしっ放しで――」

　と、おのぶが唐紙を閉めた。

　あの時に生れた女の子が友達と遊んでいたのだろう。幼い手で不恰好につくられた姉様人形と千代紙、それに鋏や糊の入れものなどが畳に置かれたままになっていた。

「うちが甘いものですから、娘はもう我儘で我儘で」

　おのぶは、がっしりした肩をすくめてみせて、風呂敷包みを棚にのせた。

　大きな軀がよく動き、たちまち長火鉢の火が手あぶりに移されて、煎餅を山盛りにした菓子鉢がおいちの前に出された。

「甘いものはお好き？」

「ええ。いえ……」

　おいちが曖昧な返事をしている間に、おのぶは指先を鉄瓶に触れてみて、湯のさめていないことを確かめた。

「昨日こしらえたお汁粉があるんですよ。おいしくできたから、食べてみておくんなさいな。今、暖めてきますからね」

そう言っているうちに、熱過ぎず甘味のありそうな茶が膝もとへ出された。

「ついでに、うちの人を呼んで参りましょう。さっさと上がってくればいいのに、何をしてるのかしらね」

親しげに笑ってみせて、階段を降りてゆく。すぐに才次郎を呼ぶ声が聞えてきた。才次郎はしぶしぶ仕事場から出て来たのだろう。おいちがたずねて来たことを喜んではいない、重苦しい足音が階段をのぼってくる。

上がってきた才次郎を、おいちは黙って見た。

才次郎は、おいちと視線も合わさずに火鉢の前へ行った。爪先立ちでしゃがんで、その必要もないのに火箸で灰をならしている。

「しょうがないじゃないの」

と、おいちは才次郎の背に嘘をついた。

「このうちへ来たのじゃないのに、おかみさんと出会っちまって、上がれ上がれと言われたのだもの」

「あれはこのうちの人間だ、この辺をうろうろしているわな」

不機嫌な声が答えた。おいちの嘘を見抜いているようだった。

おいちは、しらをきりつづけることにした。

「ついでだから言うけど、いつ生写しに連れて行ってくれるの?」

「わからねえ」

「この間は、四、五日のうちにって言ったのに」

「誰にだって都合というものがあるんだよ」

「そう――」

おいちの声もつめたくなった。才次郎の背が視野に入らぬように横を向く。

才次郎が、おいちの横顔を見たようだった。おいちは気づかぬふりをした。

「そのうちに行くよ。生写しのことだって、忘れちゃいねえ」

「そのうちに――ね」

「ほかに言いようがあるか」

才次郎の不機嫌な声がさらに尖って、おいちが才次郎を見た。才次郎は、もうおいちに背を向けていた。

「帰ります」

返事はない。

「わたしが帰ったあとで、おかみさんにとっちめられませんように」

「おのぶは、一言《ひとこと》だってお前のことを聞きゃしねえよ」

おいちは口をつぐんだ。

「それが取得《とりえ》なんだ。夜遅く帰《けえ》ったって、床《とこ》をとってくれるだけで、どこへ行ってきたの誰に会ってきたのと、うるさいことは聞きゃしねえ」

才次郎は何気なく言ったのかもしれなかったが、おいちは惚気《のろけ》を聞かされているような気がした。

階段を上がってくる足音が聞えた。甘いにおいも漂ってきて、おのぶが汁粉をはこんできたのだった。

「お待たせしました」

階段の途中で立ち止まったおのぶが、部屋をのぞき込んだ。あいかわらず、満面に笑みを浮かべていた。

おいしいと言いながら、胃の腑へ流し込まねばなるまいと思ったが、小さな足音が階段を上がってきた。娘のおかよが帰ってきて、才次郎もおのぶも二階だと、仕事場の職人から聞いたにちがいなかった。

「お父っちゃん――」

おかよはおのぶの脇をすりぬけて、才次郎に駆け寄った。おいちの見ている前で、遠慮なく才次郎の背に抱きつき、つめたい風の中で遊んできた頬を才次郎に押しつけている。

「お客様にご挨拶は？」

才次郎は、首を捻っておかよを見た。

瞬間、才次郎から彫師の顔もおいちを抱く男の顔も消え、幼い娘の父親である生暖かい体臭が漂った。

「すみません、急用を思い出しちまって」

言い捨てて、おいちは階段を駆け降りた。満面に笑みを浮かべているおのぶが、ちらと勝ち誇った表情を見せたような気がした。

家の中へ駆け込むなり、たすきをかけた。

「何だい、ばかやろう」

村松町から駆けてくる間、胸のうちで叫んでいた言葉が声になった。

「ばかやろう。子供のおしめを替えた手で女を抱くなってんだ」

何が夜遅く帰っても床をとってくれるだけだ、何が歳の市だ、何が汁粉だ。

おいちは子供を生めなかったし、男が約束を破ればその家へようすを見に行きもする。歳の市は忘れていたし、汁粉などつくったこともない。朝から晩まで絵を描いて、腹が空けば湯豆腐を食べている女だ。

「あとで後悔するなってんだ。江戸にゃ歌川芳花さんは、いや、おいちさんは二人といねえんだ」

おいちは、呟きながら机に向った。

神田三河町の裏通りを描きかけた薄美濃紙が、そのままになっていた。片側があんまや仕立物の貼紙が風に揺れている長屋の木戸、もう一方が口入屋の店先で、軒下では中間《ちゅうげん》風の男が子供達の竹馬を修理している。誰でもが、一度はそこに立ったことのある光景であった。

中間の膝に手をかけて、竹馬の修理が終るのをじっと待っている子供はわたしかもしれない。ふと、そう思った。

おいちはいつも誰かを待っていた。

母のおあさがこの世を去った時、おいちは七歳だった。遊び仲間は夕暮になれば母親に呼ばれ、家へ帰って行くのだが、おいちの家には明りもついていない。おいちは暗い家へ入るのが怖さに、いつも地面に絵を描きながら与兵衛の帰りを待っていた。

六つ（午後六時頃）の鐘が鳴って日が暮れて、それでも帰って来ない父親を駒止橋《こまどめばし》の方まで迎えに行って、涙のにじんできた目に股引《ももひき》の紺色がにじんで映ったこともある。

無口な与兵衛は、泣いているおいちをあやすこともできなかった。「帰って来たじゃねえか」とだけ言って、抱き上げてくれるのである。衿首にしがみついて触れた父の頬は、毎朝剃ってゆく髭が生えかけていた。

簡単な夕飯を食べ終えると、おいちは、与兵衛の膝に坐った。与兵衛の膝の上で遊び仲間の似顔絵や、こわごわ見つめていた虫、飽かずに眺めていた道端の雑草などを描いていたのだった。

何も言わなかったが、与兵衛は嬉しそうだった。おいちの描いた自分の姿を、お守りのように懐へ入れていったこともある。後に手間取りの男から聞いたところでは、普請場の誰かれとなく見せてまわっていたという。

画工《えかき》になりたいとは、おいちが言い出した。

与兵衛はとめなかった。とめぬどころか、あの無口な男が加賀屋吉右衛門にどう頼んでくれたのか、当時、飛ぶ鳥を落とす勢いの歌川国芳に、弟子入りを承知させてくれもした。

それからのおいちは、与兵衛が一人前の絵師としておいちを認めてくれる日を待っていた。

今は使わなくなった二階で寝起きをし、思い通りの絵が描けぬ自分に苛立って、凍りつくような物干場にわざと薄着のまま出て行ったこともある。いったん寝床へ入ったものの、描けぬ絵が気になって起き上がり、夜明しをしたことなどかぞえる暇もない。その間に、雑木《ぞうき》で炊いためしなど食えるかと言っていた与兵衛が、食べ物に無頓着となった。針箱に手を触れたこともなかったのに、針に糸を通そうとしていたことすらある。

おいちも与兵衛が普請場へ出かけて行く六つ（午前六時頃）前には、夜更けまで仕事をしたあとでも起き出したし、与兵衛が特別に頼まれて、源森川《げんもりがわ》の河岸にある窯へ瓦を焼きに行く時は、毎日弁当を届けに行った。

与兵衛も、おいちが瓦師のだんまり与兵衛に挑んでいることを知っていた筈だった。「いい仕事をしてるじゃねえか、お前も」とは、いつ言えるかと、与兵衛も楽しみにしていた言葉だったにちがいない。

与兵衛との暮らしは楽しかった。張りがあった。

が、おいちは錯覚を起こしていた。与兵衛と楽しく暮らせるのなら、おいちの板下絵を見て「一世一代の彫りを見せてやる」と勇みたつ、才次郎とも仲よく暮らせるものと思っていたのだ。

与兵衛もまた、おいちの腕に惚れた才次郎が、いつかはおいちを女房にしてくれるものと思い違いをしていたのではあるまいか。逝く数日前にその思い違いに気づき、加賀屋吉右衛門を相手に愚痴をこぼしたのかもしれない。

おいちには今、それがわかった。

一世一代の彫りを見せる才次郎に必要なのは、板木《はんぎ》へ当てる鑿《のみ》に力をこもらせる絵を描いたおいちではない。夜更けに帰っても、黙って床をとってくれるおのぶなのだ。

待っていても、もう才次郎は来ない。来たとしても、「できるだけのことはする」と言葉でおいちを慰めて、少々うしろめたい自分の気持だけを安心させて帰って行くだろう。

「今に後悔するなってんだ」

江戸に歌川芳花は二人いない。あの加賀吉を喜ばせ、早く彫り上げてくれと板下絵を才次郎の仕事場へ持って行かせる絵師は、ほかに誰もいないのだ。

強く締め過ぎたたすきが腕に痛い。

が、ゆるめれば、寒念仏の鉦《かね》の音《ね》が軀にしみてくる。

机の上の『三河町』がぼやけてきた。
おいちは、涙で板下絵を汚さぬよう、机に背を向けた。

萌えいずる時

帳場格子の中に坐って算盤《そろばん》をはじいていると、その視野に、女中のおはつの姿が入ってきた。

染付《そめつけ》の銚子《ちょうし》でも取りに来たのだろうと、お梶《かじ》は思った。

料理屋『もえぎ』の内証《ないしょう》は、調理場と隣り合わせた板の間にある。さほど大きな店ではないので据えつけた膳棚も小さく、入りきらぬ大皿や大鉢、それに染付の銚子などをうしろの棚に飾っておいたのだが、この苦肉の策が、たまたま内証に顔を出した常連客を妙に感心させた。面白い趣向だというのである。

その客が銚子の一つを指さして、あれで酒を出してくれと言ってから、常連客のほとんどが、あの皿がいいの、こちらの銚子がいいのと注文をつけるようになった。

今では上得意の客にかぎり、使う器を決めている。お梶が客の好みに合わせて、少し値のはる器を買ってきたのだった。

これも、やたらに内証へ入ってきてもらいたくないお梶の苦肉の策であったのだが、料理屋に専用の器があるというのは無邪気な自尊心をくすぐるらしく、客達は、夕涼みの季節となっても、隅田川から少し離れていて地の利の悪いもえぎに足をはこんでくれるようになっていた。

が、おはつは、お梶のうしろへは廻らずに、帳場格子の前で膝をついた。

「あの――」

お梶をたずねて来た者がいるらしいのだが、その名を言わずに口を閉じる。首をかしげてみせたものの、お梶に心当りはあった。別れた夫、粂蔵《くめぞう》がたずねて来たにちがいなかった。

「あの」

おはつは、またちょっと口ごもってから、

「山水亭《さんすいてい》の旦那がおみえになりました」

と、お梶が予想していた名前を言った。

「お二階の奥へお通ししましたけど」

「そう――」

お梶は目をつむり、指先でこめかみを押さえた。

文政十三年は師走に天保と改元されたが、その年以来、五年つづきの凶作で、奥羽や関東北部では深刻な飢饉に見舞われているという。江戸でも米の値上がりはすさまじく、通常なら百文で一升二、三合は買えるものを、この五月にとうとう百文四合五勺になった。それと肩をならべるように、酒、油、塩など値の上がらぬものはなく、算盤を入れているうちに頭が痛くなってきたのだった。

そこへ粂蔵が来たという。

向島《むこうじま》の山水亭は、文人墨客がしばしば訪れる料亭として有名だったが、粂蔵が後添いに据えた女の不行跡がもとで、四、五年前から目に見えて客が減っているという噂だった。

傾いた屋台を立て直す力は、粂蔵にない。しかも世の中は、右を向いても左を向いても飢饉の話だった。

江戸市中には、収入が値上がりの速さについてゆけず、精いっぱい働いても米を買うことのできない人達がふえている。その上、飢饉の地方から毎日、大勢の人が半死半生の状態で江戸へ流れてくるのである。

飢えた人達の目は、買い占めをしているかもしれない商家の倉に注がれる。今から四十五年あまり前の天明飢饉には、江戸でも米屋九百八十軒をはじめとして、酒屋、質屋など商家八千軒が打ちこわされる大暴動が起きたといい、それに懲りている幕府は米問屋に米の供出を命じ、お救い米や施粥《せがゆ》で人々の不満が爆発するのを防いでいた。

豪商と呼ばれる人達も、当時の話を聞いているのだろう。打ちこわしを起こさぬようにと、始終、店先で粥をふるまっている。言ってみれば、得意先を料理屋へ招いて遊ぶ世の中ではなくなっているのだった。

そんな時に、粂蔵がお梶をたずねて来たのだ。用件はわかりきっていた。借金以外であるわけがない。

が、内情は、もえぎも楽ではなかった。

もともと、もえぎは同業者の寄合や落噺《おとしばなし》の会など、大勢の人が集まる時に使われる店ではなかった。贔屓客《ひいき》がうまいものを食わせてくれと言って、ふらりと立ち寄るようなところだった。それで今でも客足が落ちないのだろうが、うまいものの材料を仕入れるのがむずかしくなっているのである。やむをえず、高価なものを仕入れて、料理を出せば出すほど、もとがとれなくなることさえある。

「頭の痛いことばっかり」

お梶は、計算のわからなくなった算盤を斜めにして珠を揃《そろ》え、額を叩いて立ち上がった。

その時だった。

表口から、女の悲鳴が聞えてきた。おはつのようだった。

お梶は、帳場から廊下へ出た。調理場で出刃庖丁を砥《と》いでいた板前の新七《しんしち》が、そこへ水をかけて裏口から出て行くのが目の端に映った。

お梶は廊下を走り、二階から駆け降りてきた女中と鉢合わせをしそうになりながら三和土《たたき》へ飛び降りた。

「にいさん。しっかりしておくれよ、にいさん」

おはつの声は泣いている。

裸足のまま外へ飛び出そうとしたお梶は、格子戸を開けたところで足がすくんだ。一瞬、おはつは地獄の亡者にかこまれているのだと思った。薄闇をかぶったような者達がおはつの周囲に蹲《うずくま》り、痩せおとろえた手を伸ばしていたのである。が、落着いて見れば、骨と皮ばかりに痩せた人達が、泥だらけの着物――というより襤褸《ぼろ》をまとって、地面に坐り込んでいるのだった。薄闇と見えたのは、二階建てのもえぎが地面に落としている影であった。

「にいさん」

おはつが泣きじゃくった。べったりと地面に坐ったおはつの膝もとには、四十がらみと見える男が、風に折れた枯枝のように倒れていた。

お梶は、おはつのいとこが上州の松井田にいたことを思い出した。

「おみよ」

お梶は、二階から降りてきたまま呆然と立っている若い女中を呼んだ。その声で、やはり呆然としていた自分の軀《からだ》も、ひとりでに動き出した。

おはつを叱りつけて、倒れている男をかかえあげ、おみよに、医者を呼んでくるよう言いつける。

何気なく横を見ると、立ち上がることができなくなっている老女を、新七が抱き上げようとしていた。その隣りでは、老女のつれあいらしい老人と、十三、四歳くらいの子供が地面に俯せている。

そのほかに、子供を背負った女と、十一、二歳の子供が、息をするのも忘れたような顔でお梶を見つめていた。上州のいとこは、両親と女房、それに三人の子供を連れて、おはつを頼ってきたようだった。

会いたくない男だったが、条蔵は、おみよよりよほど働いてくれた。

おはつのいとこ――宇兵衛《うへえ》一家の汗と泥にまみれた姿に恐れをなしたのか、調理場へ逃げていったおみよにかわって着物を脱がせ、お梶が簞笥《たんす》から掻き集めてきた浴衣を着せてやったのも条蔵なら、新七が急いでつくった粥を、老人夫婦に食べさせてやったのも条蔵であった。

お梶は、条蔵を帳場へ呼び入れて酒を出した。ささやかな礼のつもりだったのだが、条蔵は、お梶がうちとけてくれたものと勘違いしたらしい。手酌であぐらとなり、お梶さんと呼んでいたのが、いつの間にかお梶と呼び捨てになった。しかも、いまだに自分が抱き寄せてやれば女は喜ぶものと自惚《うぬぼ》れているのか、時折、さりげなくお梶の肩に手を置いてみたりする。お梶は、気づかれぬようにあとじさった。

それでも条蔵は饒舌だった。お梶が昔、その声を身震いするほど好きだと言ったことがあるからだろう。が、今になってみると、鼻にかかっているような声の、どこがよかったのかわからなかった。

新七が、塩辛の小鉢をはこんできた。

新七のつくる塩辛は、当人が酒の肴にしているだけで客には出さない。箸を使わず、小指と親指で塩辛をつまみあげ、口の中へ放り込んだ条蔵は、「うめえ――」と言って目を細めた。

お梶は条蔵と二人きりで向いあっているのがいやで、そっと新七を手招きした。新七もそのつもりだったらしい。ちらと条蔵を見たが、自分の湯呑みを持って帳場へ上がってきた。

条蔵は、意外そうな顔をした。話があるからと言って、お梶が新七を調理場へ戻すものと思っていたようだった。

お梶は、急須《きゆうす》の茶の葉を新しくして、新七の湯呑みへ茶をいれてやった。

条蔵は、お梶を見て、新七を見た。鷹揚な男をよそおってはいるが、条蔵の自惚れは些細なことでこわされる。お梶が条蔵に夢中だった十年前と同じ気持を持ちつづけていないことは、それでわかった筈《はず》であった。

「何だい、お前さんはお茶けかえ」

と、条蔵は、照れかくしのように言った。

「昼間は飲まねえのか。なるほど、俺とは心がけが違わあ」

首をすくめ、手酌の銚子を振ってみせる。空《から》になったようだった。

見習いの正吉《しょうきち》が、ちろりを持って来た。新七が受け取って、暖めた酒を銚子に移す。

粂蔵が、また喋《しゃべ》りはじめた。

「で、どうしたえ？　あのしっくり返《けえ》った父つぁんは、どこも何ともなかったのかえ？」

おみよが引張ってきた医者を、家まで送って行ったのは新七であった。が、新七は、うなずいただけで茶をすすった。ただでさえ無口な新七は、お梶と粂蔵の間に入ってはきたものの、何を話せばよいのかわからないのだろう。

お梶は、返事を待っているらしい粂蔵へ、新七にかわって答えてやった。

「空腹《すきはら》と疲れで目をまわしたっていう診立《みた》てでしたからね、お粥を少しずつ食べているうちにゃ、元気になるでしょう」

「それまで、あの座敷に寝かせておくつもりかえ」

「そりゃねえ」

お梶は苦笑した。

竹を使った床の間がよいと、客達の間で評判の座敷は、宇兵衛一家に占領された。今日の暮六つに階下《した》の座敷を頼むと、三日も前に使いを寄越した客があり、先刻、事情を説明させにおみよを行かせたが、二階でもよいとは言ってくれず、日を改めるという返事をくれた。大騒ぎをしている最中《さいちゅう》に来合わせて、引き返して行った客もいる。ゆっくり養生してくれとは、宇兵衛にもおはつにも言えなかった。

「ちょうどいいじゃねえか」

と、粂蔵がお梶から目をそらせて言った。

お梶は、用心深く粂蔵を見た。

「何が、ちょうどいいんです？」

粂蔵が答えるまでに間があった。お梶の顔色を見ていたのかもしれなかった。

「山水亭へ戻るのにさ」

「何を言ってなさるんですよ」

お梶は、呆れて横を向いた。山水亭へみごもった女を連れてきて、お梶が出て行かねばならぬようにしむけたのは粂蔵ではないか。

「わかってるよ」

粂蔵は、気弱な声で言った。

「何もかも、俺がわるい。俺がしっかりしていりゃ、こんなことにはならなかった」

新七が茶をすすった。

「が、おふくろがあの世へ逝ったことも、あの女が男をつくって逃げたことも知っているんだろう？」

あとの方は初耳だった。

「戻って来てくんなよ。座敷が使えなくなって、ちょうどいい機《しお》じゃねえか」

「よくも今更そんなことを」

「ここまでくると、恥も外聞もなくなっちまうのさ」

粂蔵は、俯いて茶をすすっている新七を見た。

「このままじゃ、子供と一緒に首をくくらにゃならねえ」

「自業自得ってものじゃありませんか」

「つめてえなあ」

鼻にかかった甘い声が言った。お梶も粂蔵から目をそらせた。

「そんなにつめてえ女だとは、思わなかったがなあ」

粂蔵は溜息をつく。

「何もかも話したら——、怒るだろうな」

お梶は、新七を見た。

思わず手招きをしてしまったのだが、呼ばなければよかったと思った。お梶という女は、こんな男を亭主にしていたのかなどと、新七に思われたくなかった。

が、粂蔵はなかば捨鉢になっているのか、委細かまわずに言葉をつづけた。

「実はな、二進《にっち》も三進《さっち》もゆかなくなって、金を借りにきたのよ」

「そうですか」

「そうですかって、お前《めえ》、涼しい顔をしているがな、山水亭が人手に渡るかもしれねえんだぜ」

「何ですって？」

「借金のかたに入っているのよ」

条蔵はどういうつもりか、整った顔に微笑を浮かべてみせた。

「十日の間に利息だけでも持って行かねえと、山水亭が他人のものになっちまうんだ」

「お前さんとわたしだって他人です」

「お前さんは――ときたね」

条蔵の微笑がひろがった。

「頼むよ。三十両でいい」

「そんなお金が、どこにあると思っていなさるんですか。山水亭とちがって、うちはこつこつと商売をしているんですよ」

「だからさ、こつこつ溜めた金があるだろうが」

「ございません」

条蔵は、ちらと新七へ目をやった。

「だったら、ちょっとの間でもいいから山水亭へ戻ってきてくんねえな」

お梶も新七を見た。新七は、黙って茶をすすっていた。

「お前が山水亭へ戻ってくるなら、金を貸してもいいと言う奴がいるんだよ」

「いやですよ」

お梶は、頭と一緒に手を振った。

「わたしゃ、もえぎで沢山。もえぎだって近頃は、人に知られるようになってきたんです」

「が、山水亭とは格がちがう――」

口惜しいが、その通りだった。

お梶は、本所横網町《ほんじょよこあみちょう》の居酒屋の娘であった。そのお梶が山水亭の養女に決まった時は、大変な出世だと、近所の人達が驚いたものだった。

無論、山水亭の主人、彦兵衛《ひこべえ》にしてみれば、気まぐれにお梶を養女に選んだわけではない。遠いながらも縁つづきになる男の娘の評判を、念入りに調べた上で横網町へたずねて来たのだが、万事にのんきな実父は、彦兵衛に会ってから、そういえば遠い親戚が向島にいたと思い出す始末であった。

粂蔵とは、その翌年に祝言をあげた。お梶は十六歳、粂蔵は二十歳だった。

粂蔵は、彦兵衛の妻おりくの甥に当る。おりくの姉の息子で、上野広小路の木綿問屋、佐原屋の次男であった。

彦兵衛に兄妹はなく、本来なら粂蔵を養子にして嫁をとるところなのだろうが、粂蔵は、いったんきまった婿入りの話を破談にされるほど、素行のわるい男だった。

それでも、おりくは、役者に似ているの今源氏のと騒がれている甥が可愛くてならなかったらしい。お梶を養女にするのなら、粂蔵を婿に――と言い出した。

彦兵衛は難色をしめしたが、おりくに「一生に一度の頼み」と手を合わされて、しぶしぶ頭を縦に振ったようだった。

そして何よりも、粂蔵にひきあわされたお梶が夢中になった。十六歳のお梶には、粂蔵の素行がおさまらぬのは、言い寄ってくる娘をすげなく扱えぬやさしさのせいと思えたし、さんざん遊んだ男なら、所帯をもてば落着くようにも思えた。

が、おりくは、料理屋の亭主が遊ぶのはしかたがないと、口癖のように言っていた。料理屋の繁盛は女将《おかみ》と板前と女中の呼吸次第、女将の目が店に向けられている分だけ遊ぶようになるというのである。

彦兵衛も、若い頃にはずいぶん遊んだらしい。彦兵衛の女が、子供連れで山水亭に乗り込んできたという一幕もあったそうだ。

その彦兵衛が粂蔵をお梶の婿とした翌年に他界した。粂蔵が遊び出さぬわけがない。派手な遊びをしても、彦兵衛には、店を鄙《ひな》びた風情につくり直すなどの才覚があった。板前としての腕も確かだったようで、調理場にも睨《にら》みがきいた。

それにひきかえ、粂蔵には何もなかった。人よりも整っている顔を持っているだけで、算盤勘定がしっかりしているわけでもなければ、味のよしあしがわかるわけでもなかった。

お梶は、次第に粂蔵がうとましくなった。つるりと整ったあの顔の中には何もないと思うと、自信たっぷりに向けられる笑顔もおぞましく、女の脂と白粉《おしろい》がしみ込んでいっも薄汚れているように見えた。

どこに泊ったのか、二晩も家をあけて帰ってきた時は寝間を一緒にするのもいやで、二階の座敷へ夜具をはこんだこともある。

おりくは、粂蔵に何も言わなかった。自分が彦兵衛のために味わった苦しみを養女のお梶にも味わわせて、長い間胸のうちにこもっていた口惜しさ、恨みを晴らしているようだった。

粂蔵が、お腹のふくらみが目立つ女を連れてきたのは、彦兵衛の三回忌をすませた直後だった。

来たな――と、お梶は思った。

粂蔵が柳島村《やなぎしまむら》に女をかこっているのは、とうから気づいていたし、女の名前がおむらだということも知っていた。その上おりくがお梶には内緒で女への手当てを渡していることもわかっていた。

お梶は、何も言わずにかなりの金を渡してやった。おむらは、柳島村でその子を生んだ。約束では、子供を連れて雑司ヶ谷の実家へ帰る筈だった。

ところが、三ヶ月程たってから、おむらがまるまると太った子供を抱いて山水亭に来た。おりくに呼ばれたというのである。

「お前がわたしをお祖母ちゃんにしてくれないから」

と、おりくは言った。そう言われると、お梶に返す言葉はなかった。

おむらは、山水亭で暮らすようになった。おりくにも、おむらまで引き取るつもりはなかったのだろうが、子供を手放すくらいなら死んだ方がましだと泣くおむらを見て、あっさり同情したらしい。

しかも、暮らしてみると、おむらは決しておりくに逆らわない。子供のおもちゃ一つを買うにしても、おりくの部屋へ相談に行く。お梶はといえば、客に、「若い女将さんの顔が見たい」と言われると、世辞だとも思わず挨拶にゆくし、女中達に相談をもちかけられれば、おりくのところへ行けとも言わずに面倒をみてやっている。おりくにしてみれば、子供に太鼓《たいこ》を買ってやれと言っただけで大喜びをするおむらに比べ、可愛げがなかったにちがいない。

おりくは、おむらを芝居に連れ出すようになった。おむらがおりくに可愛がられているとわかれば、彼女の機嫌をとる女中もあらわれる。おむらは次第に横柄となり、芝居へ行く金が足りぬと、帳場で算盤をはじいているお梶の前へ手を突き出すようになった。

お梶は黙って言いなりになっていた。居酒屋の娘が山水亭の養女になるのを承知したことが、そもそも間違いなのだと思った。お梶が居酒屋の娘で満足だと言っていれば、彦兵衛は養女の話を諦め、おりくの一生の頼みを聞きいれて、粂蔵を養子としていたにちがいないのである。粂蔵を養子にしていれば、その女房にも、おりくの気に入った娘が選ばれていた筈なのだ。

が、その辛抱にも限界があった。

おむらが山水亭で暮らすようになってから、二年目の夏だった。女中によちよち歩きの子供をあずけ、芝居見物に出かけたおりくとおむらが駕籠で帰ってきたのを見て、突然何もかもがいやになった。これでは、二人を楽にさせるため、夜も寝ずに働いているようなものではないか。

山水亭を放り出しては彦兵衛に申訳ないと自分を叱りつけはしたが、いやだと思いはじめた気持は抑えようがなかった。子供がしみをつけた布団も、粂蔵がだらしなく脱ぎ捨てた着物も皆、薄汚く、よごれて見えるのである。

お梶は、わずかな荷物をかかえて山水亭を出た。十年前のことだった。

両親はすでに店をたたみ、相生町で金物屋を開いている長男と一緒に暮らしていた。来いとは言ってくれたものの、子供が五人もいる兄の家へ、お梶まで身を寄せるわけにはゆかなかった。

お梶は、高輪の料理屋で働くことにした。

山水亭の女将であったのは無論のこと、本名すら隠していたのだが、働きはじめてから半年ほどたった時、恰幅《かっぷく》のよい男がお梶をたずねてきて、「叔母と弟が迷惑をおかけしました」と、畳に両手をついて詫びた。佐原屋の長男、伊左衛門《いざえもん》であった。

「帰ってはいただけますまいか」

と、伊左衛門は言った。

おりくは、立派に山水亭をきりまわしているつもりだが、自分が彦兵衛ではないことを忘れている。板前が仕入れてくる魚にいちいち文句をつけ、十五年も働いていた板前が飛び出してしまった。

　そう言って、伊左衛門は溜息をついた。

「もう見ちゃいられません。よけいなお節介だとは思いましたが、彦兵衛の叔父さんにはずいぶん世話になっているし、お梶さんを探させてもらいました」

　彦兵衛には世話になったと、お梶も思った。板前は無論のこと、女中達がお梶をこばかにするような真似をした時は、俺の娘に何を言うのかと、本気になって怒ってくれたものだった。

が、山水亭には帰りたくなかった。帰ったところで、立派に店をきりまわしていると思い込んでいるおりくが、お梶を帳場へ坐らせるわけもないだろう。

「仰言《おつしや》る通りです」

　伊左衛門は、苦笑して懐へ手を入れた。出された時に、その手は紫の帛紗《ふくさ》に包んだものを無雑作に摑んでいた。金であった。

「借りていただけますか」

　と、伊左衛門はお梶を見た。

　聞き違いではないかと、お梶は思った。確かにお梶は伊左衛門の弟の妻であったが、その弟を嫌って、離縁状を書いてくれと迫った女だった。金を貸してもらえるような理由はどこにもなかった。

「山水亭へ帰っていただければと思って、用意したお金です。が、あなたの仰言る通り、叔母はあなたを家へ入れはしない。それならば、あなたに別のお店を出してもらおうと思ったのです」

その方が彦兵衛の叔父さんも喜ぶだろうと、伊左衛門は言った。

迷った末に、お梶は伊左衛門の金を受け取った。その金で茅町に店を借り、もえぎの暖簾《のれん》をかけることができた。幸運であった。

とはいえ、もえぎがすぐに繁盛したわけではない。山水亭の邪魔もあったし、すぐには腕のいい板前にもめぐり会えなかった。板前に金を持ち逃げされ、高利の金を借りて利息が払えなくなり、高利貸しの待つ出合茶屋へ出かけたこともあれば、刺青《いれずみ》をちらつかせてすごむ男達に土下座をして、支払いの延期を頼んだこともある。

「もう山水亭にゃ帰りませんよ、わたしは」

お梶は、遠くを見て呟《つぶや》いた。

お梶はもえぎが可愛い。もえぎは、お梶が生んで、お梶が育てた料理屋だった。この店を借り、修理にとりかかった時は、大工がうるさがるほど注文をつけた。新七のつくる料理もはじめのうちは気に入らず、もっときりりとした味を出せと、始終叱言を言っていた。

その上、もえぎを出してはじめて、自分は料理屋という商売が好きでならないことに気がついた。山水亭で夜更けまで算盤をはじいていたのも、おりくやおむらに楽をさせるためではなく、ただ料理屋という商売が好きだったからなのだ。

好きな商売を存分にさせてくれるもえぎには可愛い。格が低かろうと店が狭かろうと、お梶の目には、もえぎがどこよりも小綺麗で、しゃれていて、立派に見える。若かった新七がお梶の叱言に腹を立て、料理を投げつけた壁のしみも、刺青の男が匕首《あいくち》をふりまわしてつけた帳場格子の傷も皆、愛《いと》しいのだ。そして多分、彦兵衛ももえぎの繁盛を喜んでいる筈だった。

「俺は首くくりか」

粂蔵の声で、お梶は我にかえった。

「今のうちに、枝ぶりのよい松でも探しておくか」

よれよれの浴衣を着て、隅田川の堤を歩いている粂蔵の姿がお梶の脳裡に浮かんだ。酸っぱいようなかたまりがのどもとにこみ上げてきて、お梶は気分がわるくなった。

「どこの高利貸しから借りたんですよ」

「本所の……」

言いかけて、粂蔵はまた新七を見た。盃に残っていた酒を飲み干して、急に胸を張る。

「ま、いいや。俺が何とかする」

「ほんとうに？」

「心配するなって」

新七が気になるらしく、ちらと横目で見て胸を叩く。

粂蔵にも見栄を張る気持が残っていたのかとお梶は思ったが、口から出てきた言葉は情けなかった。

「俺は頼りねえが、兄貴はしっかりしているのよ」

佐原屋を頼るつもりのようだった。

「さて――と」

粂蔵は、小鉢に残っていた塩辛をつまんで立ち上がった。口へ放り込んで指先を嘗《な》め、その指を懐の鼻紙で拭く。

「考えてみりゃ俺もぼんやりだったよ。俺が十年も放ったらかしにしておいたのだ、お前に男のいねえ方がおかしいや」

妙なかんぐりはやめてくれと言おうか、それとも、隠していてもわかっちまったと笑ってやろうかと、一瞬お梶は迷った。確かにお梶の心は新七に傾いていたが、新七は、お梶の肩を引き寄せてくれたこともなかった。

「お前も大変だな」

と、新七に言いながら粂蔵は廊下へ出た。

「おかみさんと、それから座敷の病人達を大事にしてやりな」

「へえ」

その座敷からは、宇兵衛の父親夫婦のものらしい咳が聞えてきた。

新七が、目顔でお梶を呼んでいた。お梶も黙ってうなずいて、調理場へ降りた。

用件はわかっていた。思ったほど米が買えなかったのだ。

「お願えできやすか」

贔屓客の一人に、蔵前の米問屋がいる。どうしようもなかったらその客に頼んでみようとは、昨夜、お梶が言い出したことだった。

やむをえなかった。お梶は、身支度を整えて店を出た。

おはつの姿が見えなかったが、一時暇《いっとき》になる今のうちに、諏訪町の裏長屋へ移った宇兵衛一家のようすを見に行ったのだろうと思った。

が、おはつは、俗に団子天王と呼ばれる社《やしろ》の門前に佇んで、お梶が通りかかるのを待っていた。六月八日の祇園会に氏子が篠竹につけた団子を奉納し、これを参詣にきた人達が家に持ち帰って厄除《やくよ》けにする風習があるのだが、今年は凶作、値上がりという厄を払いたいのだろう。六月に入ったばかりだというのに境内は、参詣の人で埋まっていた。

「おかみさん、お願い――」

と、おはつはお梶の手を引いて、強引に社の裏へ連れて行った。五月からの日照りつづきで、ぬかるんでいることの多い裏手の地面が、薄黒く乾いてひびわれていた。

「にいさん――いえ、宇兵衛を雇っていただけませんか」

「宇兵衛さんを？」

お梶は、さすがに渋い顔をした。

宇兵衛一家は、あれから五日間もえぎにいた。六日目の昼に、おはつの見つけてきた諏訪町の長屋へ移って行く時は、おはつも宇兵衛夫婦も、宇兵衛の両親や子供達までが、お梶に手を合わせて礼を言ったものだった。

お梶もよい気分だったのだから、それまでのことについて何も言いたくはない。が、実は、体力を恢復《かいふく》してからの宇兵衛夫婦、それに子供達の食欲はすさまじく、余分に買っておいた筈の米までがなくなってしまったのだった。

「お願い、おかみさん。助けると思って、宇兵衛を雇ってやっておくんなさいまし。稼ぎ場所が、どうしても見つからないんです」

とりあえず、宇兵衛と長男の千太《せんた》に塩売りをさせるつもりだったと、おはつは言った。

塩売りは、天秤棒、桶、桝にいたるまで店から借りられる。しかも、先に商売物の塩を渡してもらい、市中を売り歩いてから精算をすればよい。まったくのもとで要らずではじめられる商売であった。

ところが、二軒の塩屋へ連れていったが、二軒とも、もう塩売りはいらないと言った。江戸で暮らしている兄弟やいとこを頼って奥羽や関東北部から出てくるのは、宇兵衛一家だけではない。出てくれれば仕事を探さねばならず、もとで要らずの塩売りは、誰もが目をつける商売だったのである。おはつが宇兵衛と千太を連れて行った塩屋では、貸し出す天秤棒すらなくなっていた。

質屋のめし炊きも、蕎麦屋の出前持ちも断られた。左官や瓦師の手伝いも、間に合っていると言われた。

「そんなわけなんです。もう、おかみさんよりほかに、頼るところがない」

「頼るところがないと言われてもねえ。うちだって楽じゃないんだよ」

「わかってます。わかってますけど、わたしは、宇兵衛の両親に育てられたんです」

「そういやあ、そんなことを言っていたね」

「ほんと、いい人なんですよ、みんな。親切にしてくれた伯父さんや伯母さん、にいさん達があんな暮らしをしているんだもの、見ているわたしは、たまらなくなっちまう――」

おはつは、片方の手でお梶の手を握ったまま、もう一方の手で目の下を拭った。

宇兵衛一家は、朝も昼も晩も施粥の小屋へ出かけて行き、飢えをしのいでいるという。それでも皆、江戸へ出てきてよかったと言っていた。確かに、種籾《たねもみ》まで食べつくし、藁はおろか、泥の団子すら食べたという暮らしから見れば、土間へ筵《むしろ》を敷いて寝るにしても雨露のしのげる家があって、粥のすすれる毎日は、極楽であっただろう。

「でもねえ」

と、おはつは言った。

「よその家は、朝になりゃ味噌汁をつくるし、夕方には路地へ七輪を持ち出して、めざしくらいは焼きます。毎朝毎晩、うまそうなにおいだけ、かがされていてごらんなさい。有難かったお粥が、惨めに思えることだってあるじゃありませんか」

「そりゃ、ないとは言えないだろうけど」

「江戸ではおあしさえありゃ、お味噌もめざしも買えるんですからねえ」

長屋へ越す時にお梶が持たせてやった金は、両親に古着を買って消えた。おはつが渡した小遣いは、鼻紙と藁草履の代金にしかならなかったという。

子供達は着替えもないまま、夕方になれば井戸で水浴びをし、めざしを横目で見て暮らしていたらしいが、先日、とうとう隣りの七輪へ手を出した。女房が家の中へ入った隙に、めざしを盗んだのである。

「宇兵衛と一緒に子供達を叱りましたけど、わたしゃ、お腹《なか》の中で泣いてました」

ですから、お願い――と、おはつはお梶の手を、痛いほど強く握りしめた。

「人助けだと思って、宇兵衛を雇ってやっておくんなさいまし」

「気の毒だとは思うけどねえ」

調理場には、新七のほかに浅次《あさじ》と正吉がいる。女中ならもう一人欲しいが、それもこのところの値上がりで利益が出なくなったことを考えれば、雇うどころではない。

「そんなことを仰言《おっしゃ》らずに。宇兵衛がだめなら女房のおげんを、どうかお願いします。お客様の前には出せないだろうけど、掃除や後片付けはできます。お給金の前借りも半分、――いえ、その半分でいい。この通り、お頼み申します」

お梶は根負けした。

座敷なら年に三両から三両二分の給金を払わなければならないが、拭き掃除などの雑用なら二両二分でいい。その四分の一の前借りであれば、二分と二朱だ。

それくらいの金であれば都合できる。第一、おげんを雇わぬにせよ、おはつの話を聞いて知らぬ顔はしていられない。小遣いやら古着やらを持たせてやれば、たちまち一分や二分の金になってしまう筈だった。

「わかったよ。そのかわり、前借りは少しにしておくれよ」

「有難うございます」

おはつは、地面に手をつかんばかりにして頭を下げた。

「早速にいさんに知らせてやります」

お梶の気の変わらぬうちにと思ったのだろう。おはつは、ふりかえりもせずに駆けて行った。ひびわれている地面から、白い砂埃が舞い上がった。

お梶は、袂で口をおおって溜息をついた。多少高い値段でも、米を融通してくれと頼まねばならぬのを思い出したのだった。

ひさしぶりにうまいものを食べたと、両国米沢町の地本問屋《じほんどんや》、加賀屋吉右衛門が、太り過ぎて垂れ下がっているような頬をほころばせた。

「それにしても、このご時世だ。生姜《しょうが》一つ用意するのも大変だろう」

「はい。ただ、わたしどもは、お客様にうまかったと言っていただくのが商売でございますので」

「なるほどねえ」

おはつが茶をいれている。お梶は、まだ手のついていない菓子をすすめた。

先月、米が足りなくなったことに懲りて、お梶は亀戸村へ出かけた。とれた作物を、まずもえぎに売ってくれる農家を探すためだった。女と見て作物の値を高く言う者や、出入りの料理屋と契約すると断る者もいて、話はなかなかまとまらなかったが、三日目に、人のよさそうな農夫が、「いいよ」と言ってくれた。今日の膳にのぼった野菜類は、すべてその農家から届いたものだった。

「はい、どうもご馳走様」

吉右衛門が、太った軀を揺すって立ち上がった。

おはつが唐紙《からかみ》を開け、吉右衛門はそれが癖になっているのだろう、鴨居へはまだ二、三寸の余裕があるのに腰を屈《かが》めて廊下へ出た。

出入口では、おみよが草履を揃えていた。

吉右衛門は、おみよをからかいながら踏石の草履へ片方の足を伸ばした。

思いのほかに小さな足で、もう一方の足だけでは、ゆうに三十貫はありそうな巨体を支えきれなかったのかもしれない。吉右衛門は大きくよろめいて、踏石から落ちた。

三和土に降りていたおはつとおみよが駆け寄ったが、それでも倒れそうになる。吉右衛門は、細い目をなおさら細くして照れくさそうに笑った。

汚れた足袋を軽く叩いて草履をはき、格子戸の外へ出て行ったが、気のせいか、その足許が頼りない。

といって駕籠を呼ぶほどの距離でもなく、吉右衛門も歩いて帰ると言うので、お梶はおはつをつけてやることにした。転んだら必ず抱き起こせと、吉右衛門は上機嫌だった。お梶も、口許に微笑を残したまま帳場へ戻ってきた。が、帳場には、あまり機嫌がよいとは言えぬ顔をした新七と浅次が、並んでお梶を待っていた。

「またかえ？」

と、お梶は言った。

浅次がうなずいて、持っていたざるをお梶の前に置いた。卵が入っていた筈のざるであった。

「困ったねえ」

お梶は、顔をしかめた。

おげんがもえぎへ通ってくるようになってから、二月《ふたつき》がたつ。

働き者だという触れ込みだったが、掃除をさせれば床の間に雑巾がけの手桶を置いて、掛軸の墨絵に水をはね飛ばし、使いに出せば道に迷って用が足りず、あらためておみよが出かけて行く始末だった。おげんさんが来てから、よけいいそがしくなったと怒るおみよを、幾度お梶は宥《なだ》めたことか。

野良《のら》での仕事なら、おげんは、おみよやお梶の三倍も四倍もの速さで片付けるにちがいない。料理屋の仕事には、まだ慣れていないのだ。慣れれば野良仕事と同じように、手際よく片付けてくれるかもしれぬではないか。――

自身にもそう言い聞かせ、墨絵のしみにも胸をさすって叱言を言わずにいたのだが、一月《ひとつき》ほど前に、おげんは、もう一度前借りをさせてくれとおはつを通して言ってきた。

「何だって?」

さすがにお梶の語気が荒くなった。黙っていればいい気になってと、そう思った。

これ以上貸せないと断ったお梶の言葉を、おはつがどんな風におげんへ伝えたかは知らない。翌日、掃除を手伝っているおみよに、おげんは、「おかみさんは、二分の金がいつまであると思っているんだろう」と、愚痴をこぼしたそうだ。

金のなくなり方の早いのは、おげんよりお梶の方がよく知っていた。おげんは、「一人前一朱だの、二朱だのという商売をしているくせに、どうして二分の金を貸せないのか」とも言ったらしいが、二朱の料理をつくるには、それに近い金がみる間に出てゆくのである。

おげんが愚痴をこぼした通り、二分の金で、七人の家族を養えるわけがない。おげんは、自分の家でご飯を炊きたいと言っていたが、米は今、百文で四合五勺しかこないのだ。

その上、炊くとなれば釜が必要になるし、薪もいる。味噌汁には味噌や豆腐が入り用で、鍋と七輪、炭も買わねばならない。二分などという金は、まばたきをするうちに消えてゆくだろう。

それとわかっていたからこそ、お梶は残った料理をおげんに持たせて帰すようにしていた。が、近頃のおげんは、あまり嬉しそうな顔をしなくなっていた。

物がなくなるようになったのは、この十日ほどのことだった。はじめはたいした額ではなかったが帳場の金が消え、次は、調理場の卵と菓子の数が減った。その次はやはり調理場にあった茄子《なす》で、今日がまた卵であった。

おげんのしわざであることは、ほぼ間違いなかった。掃除をすませると階段裏の小部屋にひきこもり、廊下へもめったに出て来ないおげんが、その時にかぎって帳場や調理場へ入って来たのを新七にも浅次にも見られているし、そのあとで必ず、行先を告げずに出かけて行くのである。半刻《はんとき》足らずで戻ってくるのだが、内緒で袂に入れた物を、諏訪町の長屋へ届けに行っているようだった。

「おかみさん。もういい加減に、おげんをやめさせておくんなさい」

と、浅次が言った。

「おげんに何かを盗まれるたび、苦労するのはあっしらなんです。卵だって茄子だって、ただでさえたっぷりは手に入らねえんだ。五つも六つも盗まれて、やりくりをする身にもなっておくんなさい」

「ごめんよ。堪忍しておくれ」

お梶は、指先でこめかみのあたりを揉んだ。頭が痛かった。

「だけどさ、わたしはまだ信じられないんだよ。ほんとうにあの人が盗んだのかねえ」

「おげんじゃなくって誰が盗むんでさ」

「わたしは、おげんさんが盗みを働かなくっちゃならないほど、薄情なことはしていないつもりだよ」

「一度話を聞いてみたらいかがで」

新七が口をはさんだ。

お梶は、こめかみを揉みながらうなずいた。

そばにいれば横から口出しをするにちがいないおはつは、加賀屋吉右衛門を送って両国米沢町まで出かけている。こちらは広小路の芝居小屋を眺めたり、見世物小屋の口上を聞いたりして、戻ってくるまでに半刻以上はかかるだろう。おげんと話すには、ちょうどよい機会かもしれなかった。

昼食をとるのを忘れていたが、食欲はなかった。

何もいらないと言うお梶の前へ、新七が塩辛の小鉢を持ってきた。茶漬けにして食べてみろと言う。

裏木戸が開いたのは、お梶が塩辛の茶漬けに箸をつけた時だった。おげんが帰ってきたようだった。

呼ぶのはあとにするかと新七が尋ねたが、お梶はかぶりを振った。浅次が調理場を飛び出して行って、おげんを帳場へ連れて来た。

おげんは、敷居際に背を丸めて坐り、お梶の絽の着物と盆の上の茶漬けを見た。おげんの着ている越後縮《えちごちぢみ》は、お梶があたえたものだったが、尻端折りとたすきがけの皺がついていた。

「どこへ行っておいでだえ」

お梶は浅次に湯呑みを渡し、茶をいれてもらった。おげんは、茶をすするお梶を上目遣いに見た。

「諏訪町へ。子供がいるものですから、ようすを見に」

「間違っていたら堪忍だよ。――このざるに入っていた卵がなくなっちまったんだけど、お前は知らないかえ」

おげんは、答えずにお梶を見つめていた。

問いつめているお梶の方が息苦しくなって視線をそらし、湯呑みを口許へはこんだ。その耳に、おげんの声が聞えてきた。

「わたしです――」

「手前《てめえ》、よくも図々しく……」

「およしよ」

お梶が声高に叱るより早く、おげんに殴りかかろうとした浅次の腕を新七が摑《つか》んだ。

浅次は新七の手を払い落とそうとして、腕を力まかせに振りまわした。

「おかみさん、頼む、一遍だけこの女を殴らせておくんなさい。茄子を盗られた時、そのかわりにするものがなくって、俺あ、浅草中の八百屋を駆けずりまわったんだ」

「駆けずりまわって買ってきて、また、あまらせるんですか」

おげんは、吐き出すように言った。

「もったいない」

「何だと」

「世の中にゃ、施粥の小屋へ通っている者もいるんですよ。いいえ、藁《わら》の団子や泥の団子を食べている者もいるんですよ」

もったいない――と、おげんは繰返した。

「そりゃ、はじめのうちは、あまりものをいただくのが嬉しゅうごさんしたよ。見たこともないような贅沢なお料理だったし、うちへ持って帰れば、お粥腹が空いてくる頃の子供達が飛びついてもきました。けど、考えてみれば、そんな贅沢な料理を、ここのうちじゃ捨てるほどつくっているわけじゃありませんか」

「ちょいと待っとくれよ、おげんさん」

お梶は、湯呑みを盆の上に置いた。

「泥のお団子を食べている人がいる時に、贅沢な料理をつくっていると言うけど、うちはそれが商売なんだ。気のきいたうまい料理をつくらなけりゃ、わたしや新さんや浅さんは、暮らしてゆけないんだよ」

「おかみさん。おかみさんは、泥のお団子を食べなすったことがありますか」

おげんは、背をなお丸くして言った。

「お米をとぐように何遍も洗ったり、火にかけたりしているうちに、ざらざらした土がとろりとしてくるんです。それを丸めて食べるんだけど、ちょいと塩気があってね。思ったほどまずいものじゃありません」

お梶は黙っていた。

「でもね。嘘かほんとか知らないけど、食べているうちにはお腹に泥がたまって、死んじまうんですってさ。そんなものを食べていたんですよ、わたし達は」

「手前は、俺達にも泥の団子をつくれってのか」

浅次だった。新七に腕を摑まれているのか、こぶしこそ振り上げなかったが、怒りに顔を赤く染め、唾を飛ばしてわめきたてた。

「確かに俺あ、お前が泥の団子を食っている時、すりみの団子をつくっていたよ。親方がその団子の器につゆを張って、桜の花びらをのせるのを見て、俺が板前になったらどんな工夫をしようかと、寝ずに考えていたよ。それのどこがわるいってんだ」

「わるいとは言ってやしません。もったいないと言ってるんです」

おげんは、浅次など見てはいなかった。上目遣いにお梶を見つめては、膝の上へ仰向けにのせた手を眺めていた。

「すりみのお団子はいただきませんでしたけれど……」

「それこそもったいなくって、手前なんぞにくれられやしねえ」

「卵焼やお菓子が多うごさんしたね。そんなにあまるのなら、はじめからわたしが貰《もら》っていったって、大騒ぎをすることはないでしょう」

「手前――」

立ち上がろうとした浅次の腕を、新七が引いた。おげんは、身じろぎもせずに言葉をつづけた。

「おかみさんのそのお茶漬けだって、塩辛やご飯がお茶を吸っちまったから、もう食べられないと捨てなさるんでしょう?」

「おげんさん」

腹が立った。お梶はおげんを見据えた。上目遣いのおげんは、一瞬、膝の上へ目を落としたが、すぐに粘りつくような視線を返してきた。

「間違わないでおくれ。うちは料理屋だよ。食べ物屋だよ。商売物を、誰が粗末にするものか」

「毎日、料理をあまらせているのに」

「何を言ってるんだい」

お梶は畳を掌《てのひら》で叩いた。

「黙って聞いていりゃ、ずいぶんなことを言ってくれたじゃないか。お茶漬けを捨てるだろうって？　毎日料理をあまらせているだって？　冗談じゃない。このご飯だって、新さんの塩辛だって、お客に出しゃ立派に稼いでくれるんだ。少々お茶を吸っちまったからって、女将風情《おかみふぜい》がもったいなくって捨てられやしないよ」

「そう言いなさるのは、ごみためを見てからにしておくんなさい」

「わたしゃ、十年もうちのごみためを見ているよ」

お梶の声が高くなった。

「上手に仕入れるのは新さんの腕、新さんの仕入れてきたのをうまく客にすすめるのがわたしやおはつの腕だが、何かの具合で、お年寄りばかりがお客になることもあるんだよ」

「それが何だっていうんです」

「お年寄りに蛸《たこ》やいかはすすめられないだろうが。そんな時は、いくらいい蛸やいかが入っていても、あまっちまうんだよ」

「卵焼をくれと言って、食べずに帰る客もいる」

ぶっきらぼうに言う新七のあとを、お梶がひきとった。

「けど、ごみために捨てたりはしない。蛸でもいかでも、卵焼でも茄子でも、残ったものがあれば、浅さんが夜も寝ずに工夫して、いろいろと料理してくれる。それを食べるのも楽しみだったけど、お前のところは大人数で大変だろうと思ったから、みんな持たせてやったんだよ。どこに文句があるんだい」

おげんは口を閉じた。

が、納得した顔つきではなかった。泥の団子で命をつないだおげんにとっては、凶作で米がない、青物がないと騒がれている時に、問屋から特別に米をまわしてもらい、農家の作物を先に買い取ってしまうようなお梶のやり方が、うとましくてならぬのかもしれなかった。

新七は、浅次が昨夜つくった煮物をうまそうに食べていた。油揚《あぶらあげ》の中に野菜の屑をきざんで入れたのを、濃い味つけで煮たもので、浅次は、これを花見や紅葉《もみじ》狩りの弁当に使いたいのだという。

豆腐屋に頼んで、油揚をもう少し小さくするといいなどと新七は言っている。お梶は、帳場格子の中で溜息をついた。

おげんは、あの翌日から来なくなった。おはつは、何事もなかったような顔で働いていたが、とうとうやめたいと言い出した。一昨日のことだった。

「恨みますよ、おかみさん」

と、おはつは言った。

あいかわらず宇兵衛に仕事がなく、おげんがもえぎから持って帰る料理もなくなって、一家がまた施粥だけの暮らしに戻ったのを、お梶のせいだと思っているようだった。

「まったく、間尺《ましやく》に合やしない」

店の出入口で倒れたのを助けてやって、おまけにおげんを雇ってやって、それで恨まれたのでは立つ瀬がない。おはつが恨まねばならないのは、宇兵衛を雇わなかった塩屋や質屋だと思うのだが、かかわりあいを避けた人達は、陰口をきかれることすらないのである。

とは思うものの、千太が荷揚げの仕事に割り込もうとして殴られたとか、宇兵衛の両親と次男が古釘を拾って歩いているなどという話を聞くと、おげんが借りたいと言った二分二朱くらいの金は、何とかつくりだしてやった方がよかったのではないかと、うしろめたい気持にもなってくる。

おげんに腹が立ったのは、薄情な生れつきのせいだろうかと、お梶は憂鬱だった。そんな話をして、新七に打ち消してもらいたいのだが、新七は、いつも浅次の相手をしている。

お梶の胸のうちにはとうから気づいている筈だし、お梶への思いをほのめかしたこともあるのだが、熱い視線をお梶にそそぐわけでもなければ、二人きりになる機会をつくろうとするわけでもない。おみよなどは、お梶の片思いときめつけていて、おかみさんはいいお人だけれど二つも年上だから――と、なぐさめてくれたこともあった。

咳払いをしたが、新七はふりかえらない。お梶は、衿もとを整えて立ち上がった。掛取りに出かけがてら、本所横網町へ行ってみようと思った。

おはつは、留守を頼むというお梶に、顔をそむけてうなずいた。かわりが見つかるまでという約束で、まだもえぎの小部屋で寝起きをしているのだが、おみよの話では、おはつがあてにしていた料理屋から、あまりよい返事がこなかったらしい。働き手がふえて雇い手が少なくなっているからと、どこの料理屋でも女中達が腰を据えて働いているようだった。

門の外では、おみよが水を撒いていた。

九月に入り、袷《あわせ》を着る季節となったのに、雨の日はかぞえるほどしかない。今年も凶作だという話が、あちこちから聞えてくるようになっていた。

お梶は、第六天神の横を通り、平右衛門町へ出た。

船宿の女将に挨拶をしながら柳橋を渡る。

両国広小路は、あいかわらずの混雑ぶりであった。見世物小屋の呼び声に、負けじと矢場の女が黄色い声を張り上げていて、軒を並べている髪床にも、順番を待っている人がいる。

が、目をひくのは、やはり施粥の小屋の人だかりであった。汗と土埃にまみれ、痩せ細った人達が、往来の激しさにも気づかず、見世物小屋の呼び声も耳に入らぬようにその場へ蹲り、一心不乱に粥をすすっている光景は、この世のものとも思われなかった。

もし——と、お梶は思った。もし、施粥にむらがる人達に、新七の料理を出したらどうなるだろう。

飢えに苦しんでいる人達には、凝った器もあしらいの紅葉も目に入らず、一口で食べ終えて、おかわりをくれと器を突き出すにちがいない。そうめんを川の流れに見立てた椀などは、食べ物で遊ぶなどとなじられるかもしれなかった。

お遊びか――。

お梶は、両国橋を渡りながら呟いた。

飢えた人達には、桜の花びらも紅葉もいらない。芋のかたちを整えるのさえ、もったいないと見えるかもしれない。おげんは、そんなことがわけもなく腹立たしかったのではあるまいか。

お梶は、いつの間にか立ち止まって、川を眺めていた自分に気づき、早足で歩きだした。

横網町には、幼馴染みというより、妹のように可愛がっていたおいちがいる。幼い頃は、年下の子にいじめられて泣いているような子だったが、その泣虫が十四歳で歌川国芳の弟子となり、芳花という名をもらって、二十一歳の今は、師匠をしのぐほどの人気絵師となっていた。今年の春、加賀屋から売り出した景色絵が大当りに当ったのである。

お梶は、煙草屋の角を曲がった。おいちの家は裏通りに入ってから四軒目、豆腐屋の筋向いにある。

つくりかえたらしい格子戸に手をかけると、軽い音を立てて開いた。

「どちら様で？」

障子の向うから、男の声がした。

お梶は驚いて、紙が茶色に変色している障子を見つめた。おいちは、一人暮らしの筈だった。

が、障子を開けて顔を出したのは、お梶もよく知っている加賀屋の手代であった。板木に貼る下絵を取りに来ていたらしい。

「だあれ？」

おいちの声が聞えた。疲れているのか、かすれた声だった。

「わたし」

お梶は、三和土にまで埃のたまっているような家の中へ入った。

加賀屋の手代が障子を大きく開けると、案の定、真中に机の置かれた薄暗い四畳半は、足の踏み場もないほどのちらかりようであった。

「まったく、何てざまなの」

「ごめんね。三日も掃除してない」

おいちは、答えながら筆を走らせている。手代が、おいちの周囲にちらかっている紙屑や絵入り本を部屋の隅へ押しつけて、お梶の坐る場所をつくった。その間に、二つ三つ線を描き足したおいちが、机から軀を離して「終った」と言った。

お梶は、何気なく机の上をのぞいてみた。そこだけは綺麗に片付けられていて、まだ墨のあとの乾かぬ下絵がひろげられていた。

錦絵の下絵は、輪郭だけを線で描く。こまかな描写はないのだが、お梶は顔をしかめた。薄い美濃紙に描かれていたのは、一糸まとわぬ男女がたわむれている笑い絵であった。

「しかたがないの」

ね？――と、おいちは、加賀屋の手代に同意を求めた。手代も笑ってうなずいて、丸めた反古紙の上に、墨の乾いた下絵を大事そうに巻きつけた。

店頭に飾って売るのではなく、好事家《こうずか》に高く売るのだという。おいちにも、かなりの画料が支払われるようだった。

「何せ、このご時世でございますからね」

手代は、帰り支度をしながら言った。

「芳花さんの景色絵は、お蔭様でよく売れているのですが、ほかのものがさっぱりでございまして」

おいちの師匠、国芳も、今は笑い絵を描いているという。金や銀を使った豪華な摺りになるので、おいちも国芳も、相当に熱を入れて描いているのだそうだ。

ひそかな評判をよび、引張り凧の売れゆきになるのは間違いないと、まったくのお世辞でもなさそうな口調で言って、手代はあわただしく帰って行った。

「待ってね。今、お茶をいれる」

おいちは、立ち上がったついでに部屋の隅の紙屑を拾い集め、屑籠に放り込んだ。

長火鉢に鉄瓶がかけられていて、ずらした蓋の間から湯気がたっているところを見ると、下絵の描き上がるのを待っている間に、手代が自分で茶をいれたらしい。

おいちは、猫板にのっていた急須と茶碗を持って、台所へ出て行った。茶の葉をかえるつもりなのだろう。

静かになったせいか、湯のたぎる音が聞えてきて、その上へ茶碗を洗う水の音が重なった。

「ねえさんは、この近くへ掛取り？」

と、おいちが言う。お梶は、台所へ向って答えた。

「そうなの。これからまわるつもりなのだけど」

「さっきの笑い絵、よかったでしょう？」

答えにつまった。

水音と一緒に、おいちの笑い声が聞えてきた。

「わたしにあんな絵が描けるとは、思っていなさらなかったんでしょう」

「正直に言うとね」

急須と茶碗を盆にのせて、おいちがあらわれた。用意してきた水を少し鉄瓶に入れ、茶筒をとる。

「錦絵じゃ腹はふくれねえって、国芳先生が言っておいでだったけど、ほんとね。施粥の小屋へくる人達は、すぐそばに加賀屋さんがあって、何枚も錦絵が飾ってあるのに、見向きもしないもの」

お梶は答えなかった。

急須へそそぐ湯の音がした。

「わたしの絵も、今はまだ売れているけどもっとお米がなくなったら、めざしの頭ほどの値打ちもなくなっちまうんですものね」

お梶は、ためらいがちに尋ねた。

「おいっちゃん、その時はどうするの」

「どうするって」

おいちは、怪訝《けげん》そうな顔を上げた。

「ほかに何ができる？」

そうよね。――

うなずいたお梶の目の前に、少々苦そうな茶が出された。

粂蔵が駆け込んできたのは、その翌日だった。

昼時のちょうどいそがしい時で、お梶は二階にいた。表で騒々しい声がするとは思っていたのだが、その声がにわかに近づいてきて門の内へ入り、おかじ――とわめきながら帳場へ入って行ったので、それが粂蔵だとわかった。

客が顔を見合わせた。帳場からは、二階へ上がって行こうとするのをようやく押さえたらしい新七の声と、それを押しのけようとする粂蔵の声が聞えてきた。お梶は、客に詫びを言って立ち上がった。

階段を小走りに降りてゆくと、たすきがけのおはつとおみよが頬をひきつらせて立っていた。

お梶は、裾をひいていた着物の褄を帯の間にはさみ、廊下を走った。

「逃げろ――」

と、粂蔵はわめいていた。

「お梶、逃げろ」

お梶の顔を見た粂蔵は、新七の手を振りほどいてお梶へ飛びついた。

「逃げろ。逃げるんだ」

「何なんですよ、いったい」

粂蔵を突きのけようとしたお梶の手が、強い力で引かれた。袖付《そでつけ》が、派手な音をたててほころびた。

「裏口だ。裏口へ逃げるんだ」

「だから、何で逃げるんですよ。わけを言っておくんなさいな」

「高利貸しが来る」

「冗談じゃない」

お梶の腕を掴んだまま調理場へ飛び降りようとした粂蔵の手を、お梶は力まかせに振り払った。着物の袖が粂蔵の手に残り、大きくよろめいたお梶を新七が支え、粂蔵は調理場へ両手をついて倒れた。

「お前さん、もしかして……」

「愚図愚図言っている暇はねえんだ」

「わたしが山水亭へ帰ると嘘をついて、お金を借りなすったんだね」

「しょうがねえだろう。山水亭が人手に渡るかどうかの瀬戸際だったんだから」

起き上がってお梶を引き寄せようとした粂蔵を、お梶は思わず平手で叩いた。

「わるかったよ」

粂蔵は、頰を押さえて言った。

「が、悠長に詫びちゃいられねえ。奴等は、お前に騙《だま》されたと言って怒っているんだ」

「お前さんが嘘をついたからじゃありませんか」

「お前と喧嘩をしている暇はねえんだよ」

粂蔵はお梶を調理場へ引き下ろそうとし、お梶は、新七にすがりついた。その時、出入口ですさまじい音がした。

「来た――」

粂蔵は調理場へ蹲った。高利貸しに雇われた男達が、格子戸を蹴倒して入って来たのだった。

「お梶。手前《てめえ》、よくも亭主と組んで騙しゃがったな」

土足で廊下を走ってきた一人がわめいた。

「山水亭を立て直してみせるから、金を貸せだと？　くそ、ばかにしやがって。二重三重に借金のかたとなっている山水亭を、どう立て直すんだ」

「わたしゃ何にも……」

「うるせえ。しらをきろうたって、そうはゆかねえ」

男が帳場格子を蹴ったのが合図となった。そのうしろにいた一人が飾り棚の銚子を残らず払い落とし、もう一人が調理場へ飛び降りて、魚も卵も、ざるに入っていた米も、すべて裏口へ投げ捨てた。器のこわれる音が出入口の方からも聞えてきたのは、別の何人かが、客のいる座敷へ入り込んだのかもしれなかった。

「新さん。お客様を頼むよ」

うなずいて、新七が帳場を出て行った。

お梶は、帳場の隅に坐った。粂蔵の姿はいつの間にか消えていて、浅次と正吉は、竈《かまど》の前に立ちつくしていた。

泣声は、おはつとおみよのようだった。階段の下で、客やお梶を置いて逃げ出すこともできず、泣き出したらしい。

男達は、腕まくりをして暴れまわっていた。障子がはずされて踏みつけられ、唐紙が外へ持ち出されて捨てられた。

お梶は、表情も変えずに眺めていた。男達の乱暴は計算されている。大きな音をたててはいるが、割りそこねた銚子を調理場へ投げたり、蹴倒した帳場格子をもう一度蹴ったりしているのだ。何もかもこわしてしまっては、とれる金もとれなくなると勘定をしているのである。

だが、打ちこわしだ——と、叫ぶ声が聞えてきた。

「打ちこわしだよ。みんな、早くおいで」

ちがう。これは、打ちこわしじゃない。——

お梶は、顔色を変えて立ち上がった。男達の乱暴はじきにおさまるが、打ちこわしは話のつけようがない。興奮した人達は、家の中を空にするまで暴れまわる。

お梶は、出入口へ走った。男の投げた湯呑みが肩に当ったが、痛いとも思わなかった。格子戸の倒れている三和土へ飛び降りて、裸足のまま庭を駆ける。

門の前にはもう、かなりの人数が集まっていた。蔵前《くらまえ》の米問屋が無料で配っている米を、貰いに来た人達のようだった。

店の中から、器の割れる音が響いてきた。

「打ちこわしだ」

誰がわめいたのかわからなかった。人々は異様な叫び声をあげて、我先に門の中へ駆け込んできた。

「やめとくれ」

遮ろうとしたお梶は、植込の中へ突き飛ばされた。人々は、店の中へなだれ込んで行った。

倒されていた格子戸につまずいて転ぶ者、その上を走って行く者、泣く者、わめく者、騒ぎはたちまち店中にひろがって、腕まくりをした乱暴者達が逃げ出してきた。

お梶は、植込の中でもがいた。丸く刈った柘植《つげ》の枝がお梶を突いた。頬や手足に傷をつくりながらようやく立ち上がったが、その時にはもう、騒ぎを聞きつけた人達が、つぎつぎに店の中へ駆け込んでいた。

収拾のつかない騒動となった。

思う存分暴れまわった人々は、泣きくずれているお梶の前を、米櫃《こめびつ》をかつぎ、或いは銭箱をかかえて通り過ぎて行った。着物をかかえて行く者もいれば、煙草盆や鏡台を持っている者もいた。お梶にはそれが皆、宇兵衛とおげんのように見えた。

「でも、わたしがいったい、何をしたってんだよ」

お梶は、地面を叩いて叫んだ。叫んでも、ふりかえる者すらいなかった。

釜をかついだ男と鍋を持った女が出て行ったのを最後にして、店の中は静かになった。周辺の店も急いで大戸をおろしたのか、その二人の足音が遠のいたあとは、通る人もなくなったようだった。

これでもえぎも終りだと、お梶は思った。店の中へ駆け込んだ人達は、食べ物は無論のこと、家具から衣類まで、手拭い一本残さず持ち出したにちがいなかった。

その人達が、周辺の店を襲っている気配はない。近くの商家も、もえぎを一つ潰《つぶ》しただけで人々の不満がおさまったと思えば、ほっと胸を撫でおろすだけで、お梶に同情はしてくれぬだろう。

お梶は、地面に俯せた。かわいた地面に涙がしみていった。

ふと、人の気配がした。お梶は、わずかに顔を上げた。雪踏《せった》をはいた足が見えた。新七だった。

「お客様は無事でやす」

そう言いながら、新七はお梶を抱き起こした。お梶は、返事をしなかった。客がいたことも、客を外へ連れ出してくれと新七に頼んだことも忘れていた。

「見とくれよ、新さん」

見てくれと言いながら、お梶は、新七の胸に目をつむった顔を押しつけた。

「めちゃめちゃだよ」

新七の返事は聞えなかった。

「山水亭を飛び出してさ、もえぎの暖簾を出してさ、新さんにめぐり会って、やっと芽が出たところだってのに」

「が、これで終りってことじゃねえでしょう?」

「終りさ。もう沢山だよ。いくら食べ物のない時だからって、料理屋の女将が、食べ物で商売をして何がわるいってんだ」

「だから――」

新七の手が、ためらいがちにお梶を抱き寄せた。

「店は直さなくっちゃならねえ」

「いやだよ」

「直したくなりやすって」

お梶は、軀を起こして新七を見ようとした。が、新七は、顔を合わせるのが照れくさいのか、お梶を強く抱いて、その力をゆるめなかった。

「その、何だ。枝を切り払われて、丸太ん棒のようになっちまった木からも、芽が出てきやす」

「わたしゃもう、一文なしだよ。いい芽なんざ、どこからも出てきやしない」

「ほんのわずかだが、妹にあずけておいた金がありやす」

「そのお金は、新さんが店をもつ時の用意に、ためていたんだろう」

「俺がなぜこの年齢《とし》まで独りでいたか……」

あとの方の言葉は、新七の口の中で消えた。

お梶は、消えた言葉を聞きたいと思ったが、新七は、お梶を突き放すようにして立ち上がった。

浅次と正吉が近づいてきた。おはつとおみよも、裏口から出てきたらしい。

早く片付けなければ商売ができねえという、浅次の声が聞えた。これでもえぎも終りだとは、誰も思っていないようだった。

ふいに影がおおいかぶさってきたような気がして、お梶は顔を上げた。先刻、打ちこわしの男に運び出された銭箱をかかえて立っていた。

目の下に痣《あざ》をつくったおげんが、銭箱をかかえて立っていた。先刻、打ちこわしの男に運び出された銭箱だった。

「取り返しました。息子と二人がかりで」

さすがに気を昂らせているのだろう。おげんは、肩で息をしながら言った。目の下の痣は、その時にできたのかもしれなかった。

「これを取られちまったら困るでしょう？　ここのうちの料理は金がかかるからね」

おげんは、銭箱をお梶の前へおろすと、痣に唾をつけながら踵を返した。怪我はないかと尋ねもしなければ、気を落とさずにと慰めもしなかった。

「待って――」

追って行こうとすると、足首に痛みが走った。捻挫をしているようだった。

お梶は、おはつの手を借りて立ち上がりながら、足許の銭箱を見た。

繁っては散り、散っては繁ったあげく、枝を切りはらわれて丸太のようになった木に、新しい芽がふいたのかもしれなかった。

単行本　一九九三年五月　文藝春秋刊
本書は一九九五年刊の文庫の新装版です。
ＤＴＰ制作　エヴリ・シンク

文春文庫

恋《こい》忘《わす》れ草《ぐさ》

定価はカバーに表示してあります

2023年3月10日　新装版第1刷
2023年3月30日　第2刷

著者　北原《きたはら》亞《あ》以《い》子《こ》

発行者　大沼貴之
発行所　株式会社　文藝春秋

東京都千代田区紀尾井町3-23　〒102-8008
TEL　03・3265・1211㈹
文藝春秋ホームページ　http://www.bunshun.co.jp

落丁、乱丁本は、お手数ですが小社製作部宛お送り下さい。送料小社負担でお取替致します。

印刷・凸版印刷　製本・加藤製本
Printed in Japan
ISBN978-4-16-792012-8

（　）内は解説者。品切の節はご容赦下さい。

花房観音
色仏
十一面観音像に魅せられた青年・烏。僧になるため京の町にやって来たが、ある女と出会い、仏の道を諦め……。幕末を舞台に男女の情欲と人間の業を色濃く描いた野心作。（雨宮由希夫）
は-55-2

平岩弓枝
御宿かわせみ
「初春の客」「花冷え」「卯の花匂う」「秋の蛍」「倉の中」「師走の客」「江戸は雪」「玉屋の紅」の全八篇を収録。江戸大川端の小さな旅籠「かわせみ」を舞台とした人情捕物帳シリーズ第一弾。
ひ-1-201

平岩弓枝
新・御宿かわせみ
時は移り明治の初年。幕末の混乱は「かわせみ」にも降り懸かる。次代を背負う若者たちは悲しみを胸に抱えながらも、激動の時代を確かに歩み出す。大河小説第二部、堂々のスタート。
ひ-1-235

火坂雅志
天地人（上下）
主君・上杉景勝とともに、信長、秀吉、家康の世を泳ぎ抜いた名宰相直江兼続。〝義〟を貫いた清々しく鮮烈なる生涯を活写する長篇歴史小説。NHK大河ドラマの原作。（縄田一男）
ひ-15-6

火坂雅志
真田三代（上下）
山間部の小土豪であった真田氏は幸村の代に及び「日本一の兵《つわもの》」と称されるに至る。知恵と情報戦で大勢力に伍した、地方の、小さきものの誇りをかけた闘いの物語。（末國善己）
ひ-15-11

百田尚樹
幻庵《げんなん》（全三冊）
「史上最強の名人になる」囲碁に大望を抱いた服部立徹、幼名・吉之助は、後に「幻庵」と呼ばれ、囲碁史にその名を刻む風雲児だった。天才たちの熱き激闘の幕が上がる！（趙　治勲）
ひ-30-1

藤沢周平
隠し剣孤影抄
剣客小説に新境地を開いた名品集〝隠し剣〟シリーズ。剣鬼と化し破牢した夫のため捨て身の行動に出る人妻、これに翻弄される男を描く「隠し剣鬼ノ爪」など八篇を収める。（阿部達二）
ふ-1-38

藤沢周平
海鳴り（上下）
心が通わない妻と放蕩息子の間で人生の空しさと焦りを感じる紙屋新兵衛は、薄幸の人妻おこうに想いを寄せ、闇に落ちていく。人生の陰影を描いた世話物の名品。（後藤正治）
ふ-1-57

藤井邦夫
恋女房　新・秋山久蔵御用控（一）
〝剃刀〟の異名を持つ南町奉行所吟味方与力・秋山久蔵が帰ってきた！　嫡男・大助が成長し、新たな手下も加わってスケールアップした、人気シリーズの第二幕が堂々スタート！
ふ-30-36

藤井邦夫
騙《かた》り屋《や》　新・秋山久蔵御用控（二）
可愛がっている孫に泣きつかれた呉服屋の隠居が金を用立ててやると、実はそれは騙りだった。どうやら年寄り相手に騙りを働く一味がいるらしい。久蔵たちは悪党どもを追い詰める！
ふ-30-37

藤原緋沙子
切り絵図屋清七
ふたり静
絵双紙本屋の「紀の字屋」を主人から譲られた浪人・清七郎は、人助けのために江戸の絵地図を刊行しようと思い立つ。人情味あふれる時代小説書下ろし新シリーズ誕生！（縄田一男）
ふ-31-1

藤原緋沙子
岡っ引黒駒吉蔵《くろこまのきちぞう》
甲州出身、馬を自在に操る吉蔵が、江戸で岡っ引になり大活躍。ある日町を暴走する馬に飛び乗り、惨事を防ぐ。怪我人がいないか調べるうち、板前の仙太郎と出会うが……。新シリーズ！
ふ-31-7

藤原緋沙子
花鳥
生類憐れみの令により、傷ついた小鳥を助けられず途方に暮れていた少女を救ったのは後の六代将軍家宣だった。七代将軍家継の生母となる月光院の人生を清冽に描く長篇。（菊池　仁）
ふ-31-30

万城目　学
とっぴんぱらりの風太郎（上下）
関ヶ原から十二年。伊賀を追われ京で自堕落な日々を送る〝ニート忍者〟風太郎。行く末は、なぜか育てる羽目になった「ひょうたん」のみぞ知る。初の時代小説、万城目ワールド全開！
ま-24-5

（　）内は解説者。品切の節はご容赦下さい。

松井今朝子
老いの入舞い
麹町常楽庵　月並の記

若き定町廻り同心・間宮仁八郎は、上役の命で訪れた常楽庵で、元大奥勤め・年齢不詳の庵主と出会う。その周囲で次々と不審な事件が起こるが…。江戸の新本格派誕生！（西上心太）

ま-29-2

松井今朝子
縁は異なもの
麹町常楽庵　月並の記

町娘おきしの許婚が祝言間近に不審な死を遂げる。「私が敵を討ちます」——娘の決意に間宮仁八郎は心を揺さぶられる。大奥出身の尼僧と真相に迫る江戸の新本格第二弾。（末國善己）

ま-29-3

宮城谷昌光
楚漢名臣列伝

秦の始皇帝の死後、勃興してきた楚の項羽と漢の劉邦。覇を競う彼らに仕え、乱世で活躍した異才・俊才たち。項羽の軍師・范増、前漢の右丞相となった周勃など十人の肖像。

み-19-28

宮城谷昌光
三国志外伝

「三国志」を著したのは、諸葛孔明に罰せられた罪人の息子だった（「陳寿」）。匈奴の妾となった美女の運命は（「蔡琰」）。三国時代を生きた、梟雄、学者、女性詩人など十二人の生涯。

み-19-35

簑輪　諒
くせものの譜

武田の家臣であった御宿勘兵衛は、仕える武将が皆滅ぶ。いつしか世間は彼を「厄神」と呼ぶ。滅んだのは依田信蕃、佐々成政、北条氏政、結城秀康、そして最後に仕えしは豊臣秀頼！（縄田一男）

み-59-1

簑輪　諒
千里の向こう

龍馬とともに暗殺された中岡慎太郎。庄屋の家に生れた生真面目で理屈っぽさが取り柄のいごっそう（頑固者）は、魑魅魍魎が蠢く幕末の世で何を成し遂げたのか？　稀代の傑物の一代記。

み-59-2

諸田玲子
あくじゃれ
瓢六捕物帖

知恵と機転を買われて牢から解き放たれた粋な悪党・瓢六と、不承不承お目付役を務める堅物同心・篠崎弥左衛門の凸凹コンビが、難事件解決に活躍する痛快時代劇。（鴨下信一）

も-18-2

（　）内は解説者。品切の節はご容赦下さい。

山本一力
あかね空
京から江戸に下った豆腐職人の永吉。己の技量一筋に生きる永吉を支える妻と、彼らを引き継いだ三人の子の有為転変を、親子二代にわたって描いた直木賞受賞の傑作時代小説。（縄田一男）
や-29-2

山本一力
たまゆらに
青菜売りをする朋乃はある朝、仕入れに向かう途中で大金入りの財布を拾い、届け出るが——。若い女性の視線を通して、欲深い人間たち、正直の価値を描く傑作時代小説。（温水ゆかり）
や-29-22

山本兼一
火天《かてん》の城
天に聳える五重の天主を建てよ！　信長の夢は天下一の棟梁父子に託された。安土城築城の裏に秘められた想像を絶する創意工夫。第十一回松本清張賞受賞作。（秋山　駿）
や-38-1

山本兼一
利休にたずねよ
美の求道者ゆえ、秀吉に疎まれ切腹を命ぜられた利休。心の中には若き日に殺した女がいた。その秘めた恋と人生の謎に迫る圧巻の第140回直木賞受賞作。浅田次郎氏との対談を特別収録。
や-38-10

山本周五郎・沢木耕太郎 編
山本周五郎名品館Ⅱ
裏の木戸はあいている
今なお読み継がれる周五郎の作品群から選び抜かれた名品。「ちいさこべ」「法師川八景」「よじょう」「榎物語」「こんち午《うま》の日」「橋の下」「若き日の摂津守」等全九編。（沢木耕太郎）
や-69-2

山本周五郎・沢木耕太郎 編
山本周五郎名品館Ⅲ
寒橋（さむさばし）
周五郎短編はこれを読め！　短編傑作選の決定版。「落ち梅記」「人情裏長屋」「なんの花か薫る」「かあちゃん」「あすなろう」「落葉の隣り」「釣忍」等全九編。（沢木耕太郎）
や-69-3

谷津矢車
おもちゃ絵芳藤
歌川芳藤に月岡芳年・落合芳幾・河鍋暁斎ら個性溢れる絵師が、幕末から明治の西欧化の波に抗い苦闘する。絵師の矜持と執念に迫る、歴史時代作家クラブ賞作品賞受賞作。（岡崎琢磨）
や-72-1